メディアワークス文庫

失恋メイドは美形軍人に溺愛される
～実は最強魔術の使い手でした～

雨宮いろり

目　次

失恋とクビ

若旦那は、そのぽやぽやとした顔に満面の笑みを浮かべ、言いました。

「ねえリリス。私、結婚することになったよ」

「……まあ、それはそれは、おめでとうございます」

その瞬間、私の恋は砕け散ったのでございます。

＊

私はリリス・フィラデルフィア。十九歳。

グラットン家のただ一人のメイドでございます。

そしてそのグラットン家の次期当主となられるのが、ウィリアム・グラットン様。齢《よわい》二十二歳の、若旦那でございます。

聞くところによると、若旦那は隣町の紡績業を営むキャンベル家の、二番目のご令嬢と結婚なさるそうです。

その方の容貌の美しさは、噂《うわさ》に疎い私でも聞いたことがあるくらいでした。

（正直、若旦那の器量で、そんなに綺麗《きれい》な奥様を迎えられるとは、思ってもみませんでしたね……）

若旦那は分かりやすく人の良《い》い方で、よく言えば温厚、悪く言えばのんき者でうっかり屋で寝ぼすけというお方です。

奥様を迎えられるにしても、もっと普通の、素朴な方がいらっしゃると思っていました。

何しろグラットン家は、〈治癒〉魔術でそこそこ名が知られているにも拘《かか》わらず、私以外のメイドを雇う余裕がないほどの台所事情ですので。

（それにしても、ご結婚されるとは。全然気づかなかったです。デートとか贈り物とか、いえそもそもお手紙のやり取りとか、いつされていたのでしょう）

さてここで率直に申し上げましょう。――私は、若旦那のことが好きです。

もちろん身分の差くらい理解しています。それを踏まえてなお、若旦那と結婚したかったかと言われれば、なんとなく違う気がしますし。

それでも、グラットン家に雇われてから、八年近く温めていた思いです。

こんなふうに、いきなり幕引きになるとは思ってもみなかった、片恋です。

（でも、噂になるほど美しい方が来てくれるんですもの。きっと行方不明の旦那様や奥様は、どこかで喜んでいらっしゃいますね）

今グラットン家に住んでいるのは、若旦那と馬が三頭、それに加えてメイドの私だけです。

若旦那のご両親は、二年前に遠方の戦争に行ったきり、お帰りになっておりません。いずれ帰ってくると思っているのは、若旦那と私くらいのもので、周りの人は皆もう諦めろと仰《おっしゃ》います。馬鹿げた話です。まだ生きていらっしゃるのに。

（いえ、今考えるべきはそんなことではありませんね。結婚、結婚ですもの）

華燭《かしょく》の典《てん》ともなれば、グラットン家の名に恥じぬよう、徹底して準備をしなければ。奥様のお部屋はもちろんのこと、馬車を新調して、それからさすがに御者くらいは雇った方が良いでしょう。若いお嫁さんに恥ずかしい思いをさせるわけにはいきませんから。

そうして私は、張り裂けた片恋に胸を痛める暇もなく、張り切って準備を進めていたのですが――。

何ということでしょう。

噂に違《たが》わぬ、薔薇《ばら》のように艶《あで》やかな美貌を持つ奥様は、後ろに一ダースものメイドをぞろりと引き連れて、こう仰いました。

「お前がリリスね。長年のお勤めご苦労様。明日からはもう来なくていいわ」

「は……え、っと、それはつまり、クビということでしょうか」

「それ以外のどのような意味があると思って？　私には既にこれだけのメイドがいます。お前はもう用なしなの」

「あの、ですが、若旦那は」

「『旦那様』は、家のことは全て私に任せると仰っていましたわ」

奥様がそう仰るあいだにも、十二人のメイドは細々と動き、クロスやらカーテンやらを取り外していきます。

「あのカーテンは、若旦那の」

「ああ、あれね。モスグリーンなんて今時流行《はや》らないでしょう？」

「いえそうではなく、若旦那が初めての魔術で焦がしたものらしく、奥様が――いえ、先代の旦那様の奥様が、大事に取っておかれていて」

「その方は亡くなられたのでしょ？　なら、今ここに住む私の趣味を優先させてもらわなくては」

――どうやら、私の居場所はもう、ここにはないようです。

私は荷物をまとめるために、自室の屋根裏部屋に駆け込みました。

奥様は寛大にも、たくさんの退職金をお与え下さいました。働かなくても、三か月は宿で暮らしていけそうです。

それに、ぺらっぺらですが、紹介状も書いて下さったようです。ぺらっぺらですが。

だから食うに困ることはないのです。ないのですから、そこまで焦る必要はないのですが――。

（どうしてこんなに、惨めな思いなのでしょう？）

十四年分の荷物と思い出をトランクに詰め、私は勝手口の方に向かいます。

せめて若旦那にお別れを申し上げたかったのですが、お出かけ中でございました。

まさか朝の、

『若旦那、ご朝食の卵がお口もとについていらっしゃいます』

『おやおや』

が、最後の会話になろうとは。人生何が起こるか分かったものではありませんね。

馬車を使うのももったいなくて、私は街まで歩いてゆくことにしました。

歩いていると、いままでの若旦那との思い出が蘇《よみがえ》ってきます。なんだか湿っぽくていやですね。

「それにしても、女王様のように美しい方は、お心も女王様のように気高くていらっしゃるのですね」

「なんだ、女王の話なんて珍しいな」

「うわあっ」

変な声が出ました。

それもそのはず、私の背後には、やけに背の高い銀髪の男性が立っていたからです。すらりとした長躯《ちょうく》に、肩ほどまでの銀髪を緩くまとめ、冴《さ》え冴《ざ》えとした緑の瞳を持つこの方は――。

「ダンケルク様！　お久しぶりでございます」

「おう、元気か、リリス？」

「おかげさまをもちまして、息災でございます」

ダンケルク・モナード様。若旦那の一番のご友人で、国一番の軍人であらせられます。よく遠方からお手紙を頂いては、若旦那と一緒に読ませて頂いたものでした。

ダンケルク様はその整ったお姿のために、女性との数々の浮名で知られており、そのためお手紙がとてもお上手なのです。私もたまにお返事を書かせて頂いたものでした。

「ダンケルク様は、イタ・ミカリキスの戦場にお出《い》でてでしたね。激戦だったと聞き及んでおります」

「ま、それが軍人の仕事だからな。ところでお前、そんな大荷物でどうした？」

「ああ、その……。先ほどグラットン家よりお暇《いとま》を頂戴致しまして」

「ハア？　長年勤めてきたお前をクビにしたって？　ウィルの奴《やつ》、何か悪い物でも拾い食いしたのか？」

「いえ、奥様が家政の全てを取り仕切られるそうなので、古いメイドはお役御免のようです」

「家政を全て……ってことは、ウィルはお前がクビになったことを知らない？」

「恐らく、若旦那はご存じではないと思います」

そう答えると、ダンケルク様はチッと舌打ちなさいました。

「お前というお目付け役を先に追い払ったってわけだな。あの女狐《めぎつね》め、グラットン家の家禄《かろく》を狙ってるってのは本当だったか」

「あの、そういうわけですので、今までダンケルク様には大変お世話になりました」

若旦那を通じて交流のあったお方です。もう二度と会うこともないでしょう。

そう思ってお別れしようとすると、ぱっとトランクを取り上げられました。

「あの……？」

「まあ待て。そんなに急いで、行く当てでもあるのか」

「ございません。私は孤児ですし。ですが次の働き口を見つけませんと」

そう申し上げると、ダンケルク様はにやりと笑いました。

「ならちょうどいい。――俺の家に来い、リリス」

「はあ」

「出征中、メイドに暇をやっていたから、俺の家には今御者しかいないんだよ。家の中が荒れ放題で」

「荒れ放題」

きらり、と自分の眼《め》が光ったのを感じます。

ダンケルク様もそれを感じたのでしょう。怪しげな笑みが深くなります。

「好きだろ、そういうの」

「ええ、僭越《せんえつ》ながら、そういうの大好きでございます！」

＊

モナード家は生粋の軍人家系であらせられます。

建国時代から国王陛下を守護し、何だか物凄《ものすご》い勲章をたくさんもらって軍服がずっしり、という感じの方です。すみません、軍隊については詳しくないのです。

だから、と結び付けていいものか分かりませんが、お家はかなり質実剛健という印象を受けます。

「……というか、家具がございませんね？」

「ああ」

「そのわりには食べ物と服が散乱していらっしゃいますね？」

「誰も片づけないからな。服は一回着たら洗わないで新しいものを買ってるし、食い物は適当にそこにあるのを食ってる」

「そ……れは、やりがいがございますね」

山盛りの服の下に見え隠れする黒い触角が何であるか、は考えないことにして、私はまずこのお家の全貌を確認致しました。

「主寝室が一つに客用寝室が五つ、メイド部屋が地下に三つで、食堂、ダンスホール、キッチン、ワインセラー、食糧庫《パントリー》に、居間、そして書斎ですね」

「ああ。久しぶりにベッドで寝たいから、主寝室をやっつけてくれると助かるんだが」

「かしこまりました。主寝室と居間、書斎と食堂は今日やれると思います」

そう言うとダンケルク様は少し驚いたような顔をして、

「今日だけでそこまでできるのか？　無理するな」

「私はグラットン家の、ただ一人のメイドでございま……したので。この程度は無理にも入りません。それでは失礼して――」

私は踵《かかと》を二回打ち鳴らします。足の裏に赤い魔術陣が現れ、音もなく部屋中に広がってゆくのが見えました。

「〝三度唱えるは我が名、二度唱えるは主の御名《みな》、そして一度唱えるは魔《ま》が名《な》――静謐《せいひつ》よここに、そして全てを〈整頓〉へ帰せ〟」

詠唱と共に、部屋中のものがぶわりと空中に浮かび上がります。

ゴミはキッチンに、汚れ物は一か所に、そして黒い触角の持ち主たちは家の外へ。

瞬く間に綺麗になってゆく部屋を見て、ダンケルク様が驚いたような声を上げられました。

これが私の得意魔術。

散らかった物たちをあるべき場所へと戻しつつ、望ましい〈整頓〉の状態を取り戻すための掃除魔術でございます。

本当ならば、人はもっと多くの魔術を使えるのです。治癒をしたり、攻撃をしたり。ですが私の使える魔術は、初歩的で詠唱が短い火と水の魔術に加えて、この掃除魔術だけです。

メイドとして忙しくしていたため、というのは言い訳でしょうね。もっと研鑽《けんさん》を積むべきでしたのに、お恥ずかしい限りです。

ダンケルク様は、部屋がどんどん綺麗になってゆく様を見て、驚いたような顔をなされています。

「この魔術、それにこの詠唱は……しかし、そんなことが……？」

さて、三十秒ほどで全ては片づきました。

収納場所のない大量の本を除いて、ではありますが。

「ダンケルク様、さすがに本棚くらいはお求めになった方がよろしいかと。それとも、あまりこちらには長く滞在なさらないのでしょうか」

「ああ……あ、いや、恐らく半年ほどはいるだろうから、家具は買った方が良さそうだな」

「それがよろしいかと思います。あとは主寝室、書斎と食堂を片づけて参りますね」

「頼む。だがその前に」

ダンケルク様は私の腕を摑《つか》みました。武人らしい、分厚い手のひらをお持ちです。

「リリス、お前、行く当てがないんだろ？　それなら、正式にうちのメイドになったらどうだ」

「はあ……」

「給料はウィルの家で働いていた時の倍は出す。俺は部屋を散らかし放題で、お前は掃除し放題。優良な職場だろう？」

――認めましょう。その瞬間、私の頭にはこんな打算が働きました。

（若旦那のご友人であるダンケルク様のお家で働いたら……また、若旦那のお顔を見ることができるかもしれない）

その考えを読み取ったように、ダンケルク様はにやりと笑います。

「そう、俺の家で働けば。――ウィルにもまた、会えるかもしれないしなあ？」

「……若旦那は、いえ、ミスター・グラットンは関係ありませんが。喜んでここで働かせて頂きます、旦那様」

「決まりだな！　ああ、旦那様などと呼ぶな、むず痒《がゆ》い。今まで通り名前で呼べ」

「？　かしこまりました、ダンケルク様」

やけに上機嫌のダンケルク様は、私の腕をぱっと離すとこう仰いました。

「書斎と食堂はやらんでいい。主寝室の片づけが終わったら、家具を買いに行こう」

「家具を……？　あの、でも、私はメイドですので、お買い物のお供は――」

「なんだ？　主人の命令が聞けないのか？」

そうは言っても、私はハウスメイド。家の中の仕事を片づけるのが仕事です。

ダンケルク様のお供をするには、見目の良さも身分も礼儀作法も、何もかもが足りていないのです。

「大丈夫だ。だいたい俺はジェントリじゃない、軍人の出だ。今さら貴族様らしい振舞いなど求められちゃいない」

「ですが」

「それに、俺一人で行ったらきっと馬鹿の一つ覚えみたいに本棚ばかり買っちまうぞ。この居間が本棚だらけになってもいいのか」

「……ふふ。その脅し文句は斬新です」

「だろう？　さ、主寝室の方を頼む。終わったら出かけるとしよう」

「はい、ダンケルク様」

多分、忙しい方が精神的にも良いでしょう。

私は己を鼓舞するように、ほんの少しだけ足音を大きく立てて、二階の方へ向かいました。

ドレスの仕立てとお供役

「あの、ダンケルク様？　これは一体」

「ドレスだが？」

「いえあのドレスであることは分かるのですが、なぜ私が着せられているのでしょうか？」

　主寝室の掃除を終えた私を連れて、ダンケルク様が真っ先に向かったのは、街の仕立て屋でした。

　それも女性向けの。

　華々しい帽子がずらりと並んでいるなか、ダンケルク様は私を奥の採寸室へと引っ張っていき、私をそこへ押し込んでしまわれました。

　そこで待ち構えていた店の人に、服の上から様々な場所を測られ、様々な布を当てられます。

「もしかして、どなたかご婦人にお洋服の贈り物でもなさるおつもりでしょうか？　私がその方と背格好が似ているから、代わりに採寸されているんですね？」

「いや？　正真正銘お前に贈るドレスだが。――うん、お前はやっぱり紫が似合うな。

黒髪《ブルネット》だから品が良く見える」

「こっ、こんな良い生地のものをメイドにでございますか？　酔狂が過ぎます！」

「ははは、主人に向かって酔狂とは、いい度胸だなリリス」

「酔狂以外に何と言えばよろしいのですか。こんなものを買うくらいなら、気の利いたブックエンドの一つでもお求めになればよろしいのです」

ふむ、とダンケルク様は、ご自身の顎を品の良い仕草で撫《な》でました。

武人らしからぬ流麗な手つき。こういったところに世の女性方は心を奪われてしまうのでしょうね。

「では攻め口を変えよう。――率直に言ってだな、リリス。その黒ずくめのワンピースじゃあ、連れ歩く気にならん。喪服か？　喪服なのかそれは？」

「め、メイドの正式衣装《ユニフォーム》でございます！」

「そう、メイドが着るべきものだ。つまり室内着であって外出着ではない、要するにお前は新しい外出着をあつらえねばならない」

「……そ、それでしたら私は店の表にあった、吊《つ》るしのワンピースで十分でございます。色も綺麗でしたし」

「型落ちだろうがそれは！」

びくっ、とすくみ上がってしまうほどの声。さすが軍人様でいらっしゃいます。

ですが私も負けてはいられません。メイドたるもの、こんな無駄遣いを許すわけにはまいりません。

「武具も馬も魔術装備もそうだが、リリス、型落ちなどで満足するな。常に最新の、体にあった、一等良いものを使え」

「それは軍人さまの理論かと。メイドは型落ちのもので良いのです。一等良いものなんて、仕事には邪魔なだけですから」

「……ほおう。この俺に向かっていい度胸だ。こう見えても鬼軍曹で通っているんだがな？」

「そうでございましょうとも。——ですが私が戦うべきは、不潔・害虫・不摂生に不衛生でございますから、」

「ならばこんなふうに主と争うのは、メイドとしてのあるべき姿ではないな？」

「それは、そうなのですが」

「分かったら俺の要求を呑《の》んで、大人しく着替えろ」

どうやら一本取られたようです。

（いえ、こんな高級なものを与えられておきながら、一本取られた、はありませんね）

「……ありがとうございます。ダンケルク様」

「それでいい。さて、紫の他にはそうだな、明るい色の訪問着を一着と、夜会用のドレスも仕立ててもらおうか」

「ダンケルク様⁉　それ以上お仕立てになるのならば、私も黙ってはおりませんよ」

「とっくに黙ってないだろ。なるほどな、ウィルがお前に頭が上がらないわけだよ。しっかりしてる」

「そうやって話を変えようとしても無駄でございます。私はあつらえて頂いたこの一着しか着ません」

分が過ぎるのはよくありません。私はメイドなのですから、オーダーメイドの服を一着持っているというだけでも、分不相応なのです。

私の顔を見たダンケルク様は、私の意思が固いことを見て、小さくため息をつかれました。

「ここで時間を浪費するのは趣味じゃない。取り急ぎその一着を着て行け」

テイラーが頷《うなず》き、さっと採寸室を出ていきます。

（……気を悪くされたでしょうか。泣いて喜ぶべきだったのかも）

私の悪いところで、こういうときに素直にお礼を言えないのです。

ですが、こんな高いものを買って下さったのですから――やはりここは、改めてお礼を言うべきでしょう。

「あの、ダンケルク様。ぶしつけな態度を取ってしまい、申し訳ございませんでした。

ドレス、嬉《うれ》しいです。ありがとうございます」

「本心か、それは」

「ほ、本心でございます。着ていく場所がないなあとか、ちょっと派手すぎるかなあとか、そんなことはちっとも思っておりません」

「正直者め」

ダンケルク様はくつくつと笑って、入ってきたテイラーに場所をお譲りになりました。テイラーは巻き尺をぐるぐると私の体に巻き付けると、ぼそぼそと呪文を唱えます。

「〈裁断〉〈縫製〉」

その二語と共に、私の体に巻き付いた布が、自在に形を変えていきます。

（なるほど、呪文は短いですが、一語に込められた魔術が恐ろしく緻密ですね）

呪文は、最初のうちは教本に載っているものを使用しますが、そのうち自分の使いやすいように改良してゆくのが普通です。詠唱を短くしたり、一つの言葉に色んな意味を込めたりして、オリジナルの呪文を使うようになるのです。

私の掃除魔術の呪文が長いのは、部屋を一度に片づけるという目的があり、そのため一つの言葉にたくさんの要素を詰め込んでいるからです。もっとも、専門家の方々からしたら、無駄だらけの呪文なのでしょうが。

（詠唱によって展開される魔術陣も、かなり緻密ですね……。詠唱を限りなく省略しているのは、技術をあまり外に出さないようにするためでしょうか？）

初めて見る職人の技を、ああでもないこうでもないと分析している間に、仕立ては完了していました。

色はライラックのような薄紫。裾のドレープはたっぷり取ってあって、豪華な印象を与えます。

その豪華さを引き立てるように、上半身はシンプルなデザインで、胸元の微《かす》かなリボンが控えめで可愛《かわい》らしいです。

いつの間にかおそろいの帽子と手袋、靴まで身に着けていました。早業です！

「うん、やはりその色がいいな」

「帽子や靴まで、ありがとうございます」

「ん。じゃあ行くか」

さらりと差し出された腕。

を、無視して通り過ぎようとすると、こらこらと呼び止められました。

「主の腕を無視するものじゃないぞ」

「家族でも婚約者でもないのに、連れ立って歩くのは、少し妙ではないでしょうか？」

「これほど美しい装いの女性を一人で歩かせては、世の男たちに奪われてしまうだろ」

「？　ああなるほど、ダンケルク様はいつでも女性を口説かれる練習をされているんですよね。常在戦場の心得というやつでしょう？」

「なんだそれは。どこから聞いた？」

「ええと、グラットン家の旦那様が仰っていました」

若旦那曰《いわ》く、ダンケルク様はいつも息をするように女性を褒めるのだそうです。

そうしないと、いざ口説きたい本命の女性が現れたときに、感覚が鈍ってしまうからだとか。

（一理ありますよね。いつもお掃除をしていないと、はたきを振るう手も鈍ってしまいそうですし）

「……まあいい。主人命令だ、並んで歩け」

「はあ」

もしかしたらダンケルク様は、戦場から戻られたばかりで、とにかく横に女性を置いておきたい気分なのかもしれません。

私は大人しく腕を取り、ダンケルク様と共に家具屋へ繰り出しました。

ダンケルク様が向かった家具屋は、暗くてあまりひと気はありませんでしたが、品揃《しなぞろ》えが豊富でした。

その間を歩きながら、目ぼしい本棚を探します。

「お、このライティングビューローはいいな」

「本棚を買いにいらしたのでしょう。書き物机は既に二台ほどあったかと思いますが」

「この色は持ってない」

「机ばかり並べてどうなさるおつもりですか。あ、こちらの本棚なんてどうでしょう？」

「ちょっとでかすぎやしないか」

「ダンケルク様がお持ちの図録と戦術書が、この段にぴったり収まりますよ」

そう言うとダンケルク様は驚いたような顔をなさいました。

「測ったのか」

「そういうわけではありませんが、一度魔術を使ったものであれば、大きさや重さはある程度把握しておりますから」

「……お前、あの掃除魔術――掃除以外に使ったことはあるか？」

「掃除以外には使えませんので、やったことはありません」

おかしなことを仰るダンケルク様です。掃除魔術は、掃除以外に意味はないのに。

と、通路の向こうからやってきた男性が、親し気に声をかけてきました。

「おや、いらっしゃいませ、モナード様。本日は何をお探しでしょう」

「店主。今日は本棚をいくつか見つくろってもらいたい。あと、食堂の椅子も何脚か欲しいところだ」

「本棚と椅子でございますね？　モナード様の食堂のテーブルは、グリード兄弟の工房で作らせたものですから、揃《そろ》いの椅子がよろしいでしょう」

どうやらここは、顧客の買い物をしっかりと把握している、良い店のようです。

ダンケルク様と二言、三言交わされた店主は、ちらりと私を見て言いました。

「なんともまあ、お綺麗な方で！　奥様でしょうか？　それとも奥様になられる方ですか？」

ダンケルク様はにっこり笑いました。……笑って、それだけでした。

（あら？　否定をなさらないと今後が面倒だと思うのですが？）

私もつられてにこにこ笑いながら、店主に見つからないよう、さりげなくダンケルク様の脇を小突きます。

ですがダンケルク様は笑うだけで、口を開くことはありませんでした。

（ほら、店主が訳知り顔で頷いていらっしゃる！　違います違うんです！　私はただのメイドなんですー！）

「なるほど、なるほど……。このことは内密に、でございますな」

「そうしてもらえると助かる。それで本棚なんだが、あちらの大きな方を見せてくれるか」

「かしこまりました」

店主が遠ざかった隙に、私はダンケルク様に進言しました。

「否定しないと勘違いされますよ」

「勘違いされた方が良いんだ。──というのもだな、どうやら俺には縁談の話があるらしく」

「なおさら否定してくださいよ！」

「いや、俺に結婚する気はない。どのみち戦場に戻るんだからな。その縁談話を防ぐために、婚約者らしき存在を匂わせておくのは、なかなか妙案じゃないか？」

「それに私が関与していなければ、最高のアイディアと言えたでしょうが」

「まあまあ。賃金は弾むし、その最中に買ってやったものは、全部お前のものだから」

（何も言わずに黙ってにこにこしていろ、ということでしょうか。偽の婚約者役をやれと言われないだけましと思うべきなのか、分かりませんね）

メイドの仕事だけをやるならばともかく、婚約者役ですらない、訳ありなお供を務めろとは。

考えていたら、何だか少し空《むな》しくなってしまいました。

（これが若旦那だったらいいのに、なんて……。馬鹿げていますね。若旦那はもうご結婚されたのですから）

それでもやっぱり、考えてしまうのです。

（若旦那は、私がモナード様の横に並んでいるのを見たら——少しは、気にかけて下さるでしょうか？　綺麗な服を着ていたら、それなりに見えるな、と思って下さるでしょうか？）

本当にしようもない考えであることは、私が一番よく分かっているのですが。

魔術省へお出かけ

私がモナード家のメイドとして雇われてから、一週間。

注文した本棚は後日配送され、見立て通り居間の壁にぴたりと収まりました。

ダンケルク様のご昼食を作り終えた私は、その本棚にどんなふうに本を納めるか思案しておりました。

「本の順番には、こだわりがおありですか。ダンケルク様」

「ない」

ちなみに昼食は、分厚く切ったローストビーフを、からしを塗ったライ麦パンに挟み、玉ねぎと赤ワインのゼリー仕立てソースをたっぷりとかけたサンドイッチです。

ダンケルク様は礼儀作法に縛られた食卓がお嫌いだそうで、サンドイッチのような片手でつまめるものを召し上がりながら、何かを読まれるのが常でした。

今も何かの地図を見ながら、大きな口でばくりばくりとサンドイッチを頬張っていらっしゃいます。

戦場から戻られたダンケルク様ですが、向こう半年は、半分休暇で半分事務仕事といったスケジュールだそうです。

辞令の合間はこういうものだ、とダンケルク様は仰っていました。よく分かりませんが、お国に仕えるのも大変です。

一週間のうち、四日ほど出勤され、後の三日はこうして読書や研究、睡眠に勤《いそ》しんでいらっしゃいます。

意外だったのは、女性を口説きにお出かけしている様子がなかったことですが、そのうちいつもの調子を取り戻されるでしょう。

「では適当に納めておきますね」

「ああ。それで、今日はお前を連れていきたいところがある」

「どちらでしょう。家具はもう間に合っているかと存じますが」

「いや、俺の職場」

そのとき私は、きっとメイドにあるまじき顔をしていたのでしょう。

顔を上げたダンケルク様が、ぶぶっと噴き出しました。

「毛を刈られる最中の犬みたいな顔してる」

「いっ、犬でございますか」

「不服そうな顔を隠しもしないが、きちんと主人の言いつけに従っている、利口な犬だよ」

「私めがその犬のように従うとは限りませんが」

「従うよ、お前は。メイドの鑑《かがみ》のような女だからな」

何となく褒めていないような口調で仰ると、ダンケルク様は手に付いたパンくずを地図の上でぱらぱらと払いました。

「ダンケルク様のお仕事場と言えば、ザンビーニ広場の横にある、省庁街ですか」

「そうだ。魔術省に、お前の魔術を見せたい相手がいる」

「私の……？　掃除魔術を、でございますか？」

頷くダンケルク様に、私は思わず笑い出してしまいました。

「ダンケルク様もメイド相手にご冗談を仰ることがあるんですね」

「ご冗談など言った覚えはないが」

「あら？」

「お前が自然に使ってるそれ——地図の上のパンくずをさりげなく払おうとしてるやつ、そうそれ」

微風《そよかぜ》でパンくずを払う程度であれば、無詠唱で行えるので、気づかれぬようにやろうと思ったのですが。ダンケルク様は目ざといです。

「お前は何気なく使っているようだが、それは普通の掃除魔術じゃないぞ」

「普通でないなら何でしょうか」

パンくずを窓の外に払い終えてから尋ねると、ダンケルク様は恐ろしいことを仰いました。

「〈秩序〉魔術だ」

「……といいますと、かの大魔女アレキサンドリア・ゼノビアが使用し『黒煙の龍』を封印したという、あの？」

「『黒煙の龍』がばらまいた黒《ノア》を地上から一掃し、世界に魔術を取り戻したという、あの魔術だ」

「……大変失礼ながらダンケルク様、何か悪いものでもお召し上がりになったのでしょうか」

「主人への敬意ってもんがないのかお前。というか、俺はここのところお前が作ったものしか口にしていないが？」

「そうでした」

それにしたって〈秩序〉魔術だなんて！　ダンケルク様はやはり変わっておいでです。

〈秩序〉魔術というのは、私たちの世代ではほとんどおとぎ話のようなものです。

百五十年前、首都イスマールは『黒煙の龍』と呼ばれる、恐ろしい龍の襲撃を受けました。龍は黒《ノア》と呼ばれる悪いものをまき散らした揚げ句、首都の至宝を狙いました。

いかなる魔術も、いかなる攻撃も通じず、万事休すかと思われたその時。

『大魔女』アレキサンドリア・ゼノビア。

『大聖女』アナスタシア・フォーサイト。

　この二人の魔術師が、類まれな〈秩序〉魔術と〈治癒〉魔術を駆使し、見事『黒煙の龍』を封印し、首都と至宝を守ったのです。

「〈秩序〉魔術と言えば、子どもの頃は大魔女よりも、大聖女様の方が人気があったような気がします」

　女の子にとっては、秩序なんてものより治癒の魔術の方が、美しくてかっこよく見えたものです。

　それに、大魔女は確かに龍を封印したかもしれませんが、それだけです。

　大聖女はその後、傷ついた人々や魔獣、崩壊した街を修復する大偉業を成し遂げたのですから、仕事量が違います。

「でもさすがに、私が〈秩序〉魔術を使えるというのは眉唾ものかと」

「では言わせてもらうがな。普通の掃除魔術というのは、十秒で部屋全体を掃除できたりはしない。詠唱の言葉選びも、普通の日常魔術とはレベルが違う」

「そうでしょうか」

「さらに言えばその部屋の物を全て把握し、分別し、瞬時に選《え》り分《わ》けるのも不可能だ。普通の掃除魔術ならばな」

　確かに私の掃除魔術は、他のメイドより少しは優れているかもしれません。

何といっても一人で屋敷《やしき》を掃除しなければならなかったのですから、効率性とスピードが第一です。

そのような事情がありますから、私が少しくらい上手に掃除魔術を使えているからといって、それをすぐ〈秩序〉魔術に繫《つな》げるのは、いささか性急すぎる気もします。

そう言うと、ダンケルク様はふっと鼻で笑いました。

「どちらが正しいかは、今日職場に行けば分かる。あの女の見立てはいつも正確だ」

「何時頃お出かけでしょう」

「約束は三時だから、まあ四時頃に着けばいいだろう」

「それは遅刻というものでは？」

「あの女は時間の概念が希薄だからな。四時でも待たされるだろうが、まあ運が良ければすんなり会えるだろう」

約束の時間が近づいた頃、私はあつらえて頂いたドレスを身にまとい、ダンケルク様と共に馬車に乗り込みます。

馬車は四頭立ての立派なもので、モナード家の狼《おおかみ》を表す家紋がしっかりと刻印されています。

ゆっくりと空に舞い上がった馬車は、交通ルールを遵守しながら空を駆けます。

ここは帝国ミラ・イラビリスの首都、イスマール。

今から向かう省庁街には、ダンケルク様がお勤めの魔術省をはじめ、陸軍省や教育省、国王省など二十二にもわたる省庁が並んでいます。

観光するような場所はありませんが、昔から魔術の研究で栄えた都市であり、歴代の国王陛下や女王陛下の名が冠された大学が多くあります。

信号を待つあいだ、一人の女性が横に並びました。箒《ほうき》ではなく、エキゾチックな絨《じゅう》毯《たん》の上に乗っています。

帽子を被《かぶ》っておらず、手袋もしていないのですが、その身軽さがなんだか素敵な感じの女性です。

「最近は絨毯でも空を飛ぶのですね。楽しそうです」

「国境付近では結構絨毯は見かけるぞ。女乗りが多いな。男よりもスピードを出すんで、伝令の時に重宝した」

「女性の方が小回りがきくというのは聞いたことがありますね。若だん……いえ、グラットン家に勤めていたときに来ていた石炭売りの子が言っていました」

特定の貨物を運ぶ人は、落下物を防ぐために地面を通行することが求められているため、その石炭売りの子はいつも羨ましそうに上空を見上げていました。

「そういえばお前、いつからウィルの家のメイドをやっていたんだ？」

「五歳の頃、グラットン家の旦那様に引き取って頂いた頃からですね。その頃はまだ、旦那様も奥様もお屋敷においでだったのですが、若旦那の良い話し相手になるだろうということで、修道院の中でも年の近い私に白羽の矢が立ったのです」

「なるほど。グラットン家で文字や魔術も習った、というわけだな」

「メイド長に教えて頂きました。あと、グラットン家の若旦那と一緒に、家庭教師の方に教えて頂いたりもしましたね」

どこの馬の骨とも知れぬ娘を、跡継ぎと一緒に勉強させるあたり、旦那様も奥様も肝が据わられていたとしか言いようがありません。

ですが、そのおかげで私は読み書きも魔術も、一通りこなせるようになりました。

「五歳まではどこにいたんだ」

「どこかの修道院で保護して頂いていたとは思うのですが、あまり詳しい場所は覚えていないのです」

ダンケルク様は、そうかと言って窓の外をご覧になりました。

いつの間にか馬車は再び走り出していて、絨毯に乗った女性はどこかへ行ってしまっていました。

——十五分ほど走ったでしょうか。馬車は静かに降下していきます。

魔術省の中庭には、馬車や箒、三人乗りのボートといった乗り物がたくさんあり、信号手によって見事に離発着を管理されていました。

馬車から降りるのに手を貸して下さったダンケルク様は、そのまま流れるように私の手をご自身の腕に導きます。

自然なかたちで腕を組むことになり、その早業に舌を巻きました。

（なるほど、こうして女性の方をエスコートするのですね……！）

「こっちだ、リリス」

石造りの、素っ気ないほど簡素な建物が並ぶ魔術省は、一歩中に入れば迷宮のように入り組んでいるのだとか。

魔術省は機密魔術も扱っているため、部外者の侵入には、相当気を配っているようでした。

豪華な門をくぐった瞬間、微細な魔力が肌の上を駆け抜けてゆくのが分かります。

（この門をくぐる際に、危険物を持ち込んでいないかどうか確認するための走査魔術がかけられているのでしょうね）

門から建物の入り口まではレンガ敷きになっていますが、ここにも仕掛けがあるようです。

「とても厳重に警戒しているのですね。レンガに自動制圧魔術の魔術陣が仕込まれています」

「ああ。既に気づいていると思うが、入り口の門で通行人の全身をチェックする。そこで登録されていない武器を持ち込んだり、逆に何かを持ち出したりしたら、そいつを容赦なく攻撃するようにできてるんだ」

そう言ってダンケルク様はにやりと笑いました。

「さすがは有能メイド。普通の人間は気づかないぞ」

「泥棒対策は、グラットン家でもさんざん悩まされたものですから、理論だけは勉強したのです」

「ああ、稀覯本《きこうぼん》多いもんな、あいつの家」

中に足を踏み入れれば、濃密な魔術の気配と、清爽な空気が出迎えます。埃《ほこり》一つない廊下を見ていると胸がすくようです。

通り過ぎる人は軍人らしく、まっすぐ前を向いて足早に過ぎ去っていきますが——。

(ちらちら見られている気がしますね……。確かに、モナード家の次期当主がどこの馬の骨とも知れぬ女を引き連れていては、視線も浴びようというものです)

私がもっと美人なら、ダンケルク様も堂々と歩けたでしょう。

そこはとても申し訳ないですが、まあ、カモフラージュに私を選んだ時点で覚悟して頂かねばならないことでしたし。

(せめて猫背にならないよう、背筋を伸ばして、堂々と歩かなければ)

いつもより少しだけ姿勢の良い私とダンケルク様が向かったのは、かなり奥まった場所にある部屋でした。

　重い扉を開ければ、様々な素材の匂いと、本のかびの匂いがぶわりと押し寄せてきました。

（なんて汚い、掃除しがいのありそうなお部屋……！）

　今すぐにでも箒を引っ摑んで掃除を始めたくなるような、汚くて、乱雑で、埃の積み重なった部屋でした。

　恐らくは研究に使われているのでしょう。部屋の中央に置かれた巨大な机には、色んな器や草花や開きっぱなしの本が所狭しと置かれています。

（こういう場所はゴミとそうじゃないものが区別しづらくて、難易度が高いんですよね……！　ああ、蓋が固まって開かなくなったインク瓶が大量に積み上がっています！　足元の絨毯は曲がって折り目がついてますし、今すぐにでも直したい……！）

「おや？　ダンケルク・モナード様がわざわざあたしの研究室にお越しとは！」

　その言葉と共に別の扉から現れたのは、爆発したような髪型をした美しい女性でした。

　黄金色の髪はもじゃもじゃのまま一つにまとめられ、コルセットもろくにつけていない格好は奔放そのもの。

　ですがその顔にきらきらと輝く二つの青い瞳が、彼女の格好を一つのファッションに昇華しているようでした。

「約束したことさえ忘れているとはな」

「あれ、そうだっけ。と言うか、これほど綺麗な女性を連れてくるなんて思わなかったよ！　ひょっとして、婚約者のお披露目か何か？」

「違う。彼女はうちのメイドだ。今のところはな」

今のところ。その言葉は少し寂しいですが、これからメイドとして役に立つところをお見せしなければなりませんね。

「紹介しよう、リリス。彼女はイリヤ・ジェリッシュ。ジェリッシュ家の秘蔵《ひぞ》っ子《こ》……と言えば聞こえは良いが、実際はただの天才児で問題児だ」

「止《よ》せよダン、褒めても何も出んぞ」

「初めまして。私はリリス・フィラデルフィアと申します。ダンケルク様のお屋敷でメイドを務めております」

そう挨拶しながらも、本来であればお目にかかることのない名家の貴族の方との出会いに、内心は冷や汗をかいていました。

ジェリッシュ家と言えば、天才的な魔術師を多く輩出している、魔術の名家。

そのような方と、これほど気楽に言葉を交わせるなんて、やはりダンケルク様は凄《すご》いお方です。

イリヤ様は私をちらりと見ると、猫のように笑いました。

「浮名を流し放題だったあのダンが、こんな美女をあたしに紹介する日が来るとはな。ついに年貢の納め時か？」

「そうなったらいいがな。だが今日は別の用事だ。彼女が面白い魔術を使うんで、お前に見てもらおうと思ったんだ」

そうしてダンケルク様は事もなげに仰いました。

「リリス。この部屋、掃除して良いぞ」

「誠でございますか！」

「は？　え、ちょっと待てよダン！　ここはあたしの聖域であり研究室であり避難場所で」

「失礼致します！」

私は部屋の真ん中に立ち、踵を二回打ち鳴らしました。

いつものように現れた赤い魔術陣が、汚い部屋の隅々にまで行き渡ります。

「〝三度唱えるは我が名、二度唱えるは主の御名《みな》、そして一度唱えるは魔《ま》が名《な》——静謐《せいひつ》よここに、そして全てを〈整頓〉へ帰せ〟」

物凄い勢いで部屋の汚物とそうでないものが分別されていきます。

素材は素材でひとまとめ、書物は読みかけのところにしおりを挟んで閉じておき、害虫はまとめて外へ放り出します。

なんだか高級そうなもの、動かしてはいけなそうな実験中のものはそのままに。けれどその周辺のパンくずと埃は確実にゴミ箱へ。

なんだか楽しくなってきます。ダンケルク様の居間など比べ物にならないくらいの乱雑ぶりで、腕が鳴るというものです。

魔術を使っていた時間は一分ほどでしたでしょうか。

だいぶ綺麗になったところで、仕上げに窓を開け放って、お終《しま》いです。

「ふう！　すっきり致しましたね！」

埃一つない整頓された部屋で、そう声をかければ――。

イリヤ様は、呆然《ぼうぜん》とした顔で呟《つぶや》きました。

「……百五十年ぶりの〈秩序〉魔術だ」

「だろ？」

引き続き呆然と私を見つめるイリヤ様。得意げに笑うダンケルク様。

「……あら？」

私はただ、きょとんとしながら、ぴかぴかの部屋の真ん中に立っています。

「あれが掃除魔術だって？　そんなわけないだろう！」

イリヤ様はそう言うと、豪快に紅茶に口をつけました。

イリヤ様のお仕事は、魔術省の技術顧問。

このお部屋で日がな一日魔術の研究をし、軍事的に役立ちそうなものがあれば報告する。簡単に言えば研究者なのだそうです。

「ですが、私は別に〈秩序〉の要素を理解しているわけではないのです」

魔術の基本。一番大事なこと。

それは、その魔術の『要素』を理解しているかどうかということ。

例えばテイラーが私の服を魔術で作れるのは〈裁断〉〈裁縫〉の『要素』を理解しているからです。

『要素』は本を読んだり誰かから学んだりすることもできますし、誰かに魔術をかけてもらうことで、理解することもできます。

天才ともなれば、見るだけでその魔術を自分でも使うことができると言いますね。

「別に勉強したわけでもないんだろ？　驚きだな」

「イリヤ様。疑うわけではないのですが、本当に私の魔術は〈秩序〉魔術なのでしょうか？」

「ばっちり疑ってるじゃあないか。まあ信じられないのも無理はない。あたしも書物で読んだだけだからな。ところであたしのことはイリヤと呼び捨てで良いぞ、そう歳《とし》も変わらんだろうしな」

たかがメイドに何というご厚情でしょうか。さすがにそのような呼び方はできませんが、イリヤさんと呼ばせて頂くことにしましょう。

イリヤさんは整理された本棚に向き直り、迷わずに一冊の本を取り出しました。

「ま、この時点でほぼ証明されたようなものだがな」

「え？」

「普通の掃除魔術であれば、あたしは探している本がどこにあるか分からなかっただろう」

「……それは普通の掃除魔術ではないのですか？」

「普通じゃない」

きっぱりと言い放ったイリヤさんは、本のページをさっと繰って、一つの図式を見せて下さいました。

「絡まった糸の例えが一番分かりやすいだろう。〈秩序〉とは絡まった糸のかたまりをほぐし、一本の糸に戻すことを指す」

ぐちゃぐちゃになった糸が一本に引き延ばされている図が見えます。

「君の魔術はこれ。糸はそのままで、混沌《こんとん》を元通りにする。――だからあたしはこの本がどこにあるか分かるし、自分のやりかけの実験がどこにあるかも、貴重品が捨てられていないかも分かる」

「はあ……？」

イリヤさんはその下の図を指さしました。

ぐちゃぐちゃに絡まったかたまりに、はさみを入れてばらばらにしている図です。

「普通の掃除魔術は、こっちのはさみを使っている方だな。確かに絡まった状態からは脱せているが、こうずたずたになっては糸の意味がない」

「そうなると、どこに探している本があるのかも分からないし、貴重品が捨てられていないかどうかさえ分からない、ということだな」

「でも、それはとても困りませんか？　主人が、自分のものがどこにあるか分からないような掃除なんて……掃除とは言えないのではないでしょうか？」

ひゅう、とイリヤさんが器用に口笛を鳴らしました。

「言うねえ！　だが普通のメイドが使うような掃除魔術はそういうものだ。君は最初からこの魔術が使えたのかい？」

私は静かに首を振ります。

「最初の頃はメイドがたくさんおりましたので、皆で分担して手で掃除しておりました。四年前、メイドが私だけになってから、魔術で掃除をするようになり……旦那様と奥様が行方不明になられてからは、もうこの魔術が使えていました」

「なるほど。訓練をしたのかい？」

今度はしっかりと頷きます。

「はい。若だん……グラットン家の旦那様のために」

隣のダンケルク様がちらりと私を見ました。未《いま》だに若旦那と呼んでしまう私を、駄目なメイドだと思っていらっしゃるでしょうか。

「お一人で〈治癒〉魔術の研究をされ、家の名を背負っていかれる旦那様に私ができることと言えば、家のことをきちんとするくらいでしたから」

「まったく、メイドの鑑だね君は」

（メイドだからではなく、邪《よこしま》な片恋ゆえ、と言ったらイリヤさんは笑うでしょうか）

若旦那に少しでも楽になってもらいたくて。――少しでも、凄いねと言って欲しくて。さすがだねと笑って欲しくて。

私は日々掃除魔術の速さ・美しさを向上させるべく、密《ひそ》かに頑張っていたのです。

我ながら本当に邪だと思いますが、必死だったのです。

（だって若旦那は、ご両親が行方不明になって、いきなり家を継ぐことになって――それでも、笑って、頑張っていらしたんですもの）

「しかし君の魔術は魅力的だ、研究のし甲斐《がい》がある。どうだ、魔術省で働かないか」

「私がですか？　む、無理です！　ずっと家のことしかしてきていませんし、お給料を頂けるほどの魔術は使えません」

「その〈秩序〉魔術の研究をさせてもらうだけでいいんだ。別に難しい本を読めとか、論文を書けとか、そういうわけじゃない」

「ですが、私はただのメイドですので……。その、ダンケルク様に恥をかかせてしまうことに」

「ならん」

きっぱりと言い切られ、反論の言葉を失ってしまいます。

「あ、あのでも、ダンケルク様」

「ここが教育省やら国王省なら話は別だがな、魔術省だぞ？　髪も結わずコルセットも身に着けない女が、こうして成果主義の中で生き残っているんだ。メイドの一人や二人どうということはない」

それに、とダンケルク様はちらりと私に視線を投げかけてきます。

「もし、お前を教育省や国王省に放り込んだとしても、連中はお前をどこぞの名家の令嬢だと思うだろうよ」

「恐れながらダンケルク様、それは少々無理があるかと」

「なぜだ？　元々お前は整った顔立ちだし、佇《たたず》まいにも品がある。服さえ整えれば立派に騙《だま》しおおせるさ」

はあ、という返事しかできません。どこぞの名家の令嬢だなんて、恐れ多くて考えるのもおこがましいです。

イリヤさんはにやにやとダンケルク様を見ながら仰いました。

「まあ、考えておいてくれ。悪いようにはしないから。……ところで、グラットン家と言えば、この間一人息子が結婚したらしいじゃないか」

どきん、と心臓が跳ねました。

「らしいな。まだ本人から直接話を聞いていないが」

「ああそうか、ダンと彼は友人だったな。数少ない男友達から結婚の報告も受けていないとは……。寂しい奴だな」

「戦場にいたんだよ俺は。まあ、色々噂話は飛び込んでくるが」

ダンケルク様は椅子の背もたれに体を預けると、優雅な仕草で足を組みました。

長い脚、美しいウイングチップの革靴が視界を過《よ》ぎります。

「――俺はウィルの友人だ。分かるだろ、人が良いだけが取り柄の、あの男の友人だ」

「ひ、人が良いだけではありません。〈治癒〉魔術にかけては比肩するもののない、素晴らしい魔術師でいらっしゃいます！」

慌てて抗議すると、ダンケルク様は面白くなさそうに頷きました。

「はいはい、加えて〈治癒〉魔術の大いなる使い手でもあらせられるわけだ、が。――そんな奴が、友人たる俺に、手紙でさえも結婚の報告をしないなんてことがあるか？」

「お手紙でも報告を受けていらっしゃらなかったのですか？」

それは少しおかしな話です。若旦那は隠し事のできない性質なのに、結婚なんておめでたいお話を、お手紙でもなさらないなんて。

「リリス、お前はどうだ？　結婚するなんて話、聞いてたか？」

「いいえ。そもそも、それらしい方がいらっしゃるなんて、想像もつかなかったです」

「メイドが知らないってことは、手紙やプレゼントのやり取りなんかも皆無だっただろう。逢引《あいび》きだってしていたかどうか」

そのお言葉に、私はここ数か月の若旦那の行動を思い返してみます。

しわしわのシャツでお出かけしようとなさったり、急いでいるからといって箒で空を飛ぼうとしたり（箒は女性の乗り物です！）、いつもの若旦那以外の何者でもありませんでした。

「女に会うんだ。普通は少しくらいめかしこむものだろう」

「格好をつけたり、妙におしゃれしたり、そういうのはありませんでしたね……」

「だろう？　だから変なんだ。それに相手は有名なあの女狐だと聞くし、あいつの結婚はもしかしたら、仕組まれたものかもしれない」

女狐という言葉に物騒なものを感じましたが、それよりも——懺悔《ざんげ》します。

その言葉を聞いた瞬間、はしたなくも私の胸は高鳴ってしまったのでございます。

（もし、若旦那の結婚が仕組まれた、間違ったものならば。その結婚をなかったことにすれば、私はまたグラットン家に戻れるかもしれません）

いいえ、それどころか。ありえない想像、夢物語であると分かっていても、考えてしまうのは――。

（私が、若旦那の――お嫁さんになることだって、もしかしたら）

そう考えていた私に天罰を下すかのように、部屋の扉がノックもなしに開け放たれました。

「失礼、こちらにミス・ジェリッシュはおいでかしら？」

女王様のような声と共に現れたのは、今まさに話題に上っていた張本人である、薔薇のような美貌を誇るミセス・グラットンと。

すっかり青ざめて、生気のない若旦那でした。

美しいミセス・グラットン。そして、襟がくたくたになったシャツを着ていらっしゃる若旦那。

綺麗な紅茶色の瞳は濁り、いかにも生気がありません。

（ああ、あんなよれよれのシャツで、ここまでいらっしゃったのでしょうか。それに、どこか痩せられたような。お顔の色も良くないですし、もしやまた研究に没頭して机で眠ってしまわれたのでしょうか？）

ダンケルク様は立ち上がると、親しげに若旦那の肩を叩《たた》きます。

「よう。なかなか挨拶に行けなくて悪かったな」

「ああ、ダンか。元気にやってるかい」

「ご覧の通りさ。それにしてもお前、いつの間にこんな花のような美女を嫁にもらったんだ？」

ダンケルク様がミセス・グラットンの方をちらりとご覧になります。ミセス・グラットンはまんざらでもなさそうに微笑《ほほえ》み、右手を差し出しました。

その右手をすくいあげて、手の甲にキスを落としたダンケルク様は、椅子に座って動けないでいる私の方を示しました。

「ウィル。ほら、彼女を覚えているか」

「綺麗な方だね。すまない、名を思い出せないんだが……君の婚約者かい？」

その言葉を聞いたとき、私は全身がさあっと冷えるような心地がしました。

よしんば着せて頂いたドレスが美しすぎたとしても、若旦那が私を私だと分からないことがあるでしょうか。

ダンケルク様はにやりと笑いました。

「そうであったら良いと思っているがね。……さて、奥方様はこちらへ何の用かな？」

「ミス・ジェリッシュに主人が預けている金庫があったと思いますの。そちらを開けて頂きたくて」

イリヤさんがすっと前に出てきます。その顔は仏頂面といっても良いほどで、ミセス・グラットンが不快そうに眉を吊り上げました。

「あたしがイリヤ・ジェリッシュだ。預かっている金庫だが、型番と種類はご存知かね？」

「主人は今体調が悪く、あまりそういったことで煩わせたくありませんの。主人がいるのですから、金庫を開けて下さいますでしょう？」

「すまないが、あたしの魔術はそういう器用な真似《まね》ができなくてな。型番と種類を、ミスター・グラットンの口から言ってもらえるかね」

ミセス・グラットンは不愉快そうな顔を隠しもせずに、

「魔術省の技術顧問といっても、大したことありませんのね。この程度の融通も利かせられないなんて」

「すまないね」

イリヤさんはただ口先だけの謝罪を重ねるだけで、その金庫とやらを開ける気はなさそうでした。

それを見て取ったのでしょう、ミセス・グラットンはつんとそっぽを向くと、退出の挨拶もしないまま、さっさと部屋を出て行ってしまいました。

若旦那は、つむじ風に巻き込まれる枯れ葉のように、よろよろとその後を追って行かれます。

私はその後姿を、呆然と見送ることしかできませんでした。

(若旦那が、私だと気づかない？　そんなことってあるのでしょうか？)

「――黒すぎるだろあれは！」

イリヤさんが唐突に叫びました。ダンケルク様も苦虫を噛《か》み潰《つぶ》したような顔で、

「完全に操られているな。しかも金庫の中身を出させようとするなど、魂胆が見え透いている」

「あ、あの……操られているというのは」

「ああ、お前は知らなかったな。あの女――忌々しくもミセス・グラットンの座に居座ったあの女は、有名な女狐だ」

有名な女狐。というのは初めて聞いた言葉です。

「あの女は、隣町の紡績業を営むキャンベル家の、二番目の御令嬢だ。キャンベル家ではロープやマント、魔術に使用する羊皮紙の一部なんかも作っている」

「まあ、魔術省は決してあの家の製品を使わんがな」

「なぜでしょう？　キャンベル家の品は優秀と街で聞いたことがあるのですが」

そう尋ねると、イリヤさんはまた嫌そうな顔で答えて下さいました。

「優秀なのは催眠がかかっているからだ」

「さ、催眠ですか」

「市販のものにかかっている催眠はごく僅かで、おまじない、自己暗示みたいなものだ。『このローブを着ている間は無敵だ』『このマントをまとった自分は美しい』みたいにね」

「それは……使用者が自覚していなければ良いことではないでしょうが、ものすごく悪いことでもないような気がします」

「普通に買って使う分にはね。キャンベル家の製品を使ったあとに、少し疲れが残る程度だろう」

ダンケルク様が吐き捨てるように仰います。

「だが、軍用品にそんな機能をつけてもらっちゃ困る。例えばその催眠効果が『味方を攻撃する』ようなものだったら？　いやそんなものでなくとも『照準を本人も意図しない範囲でずらす』ような、本人が把握できない厄介なものだったら？」

「……原因を突き止められなくて、困ってしまいますね」

「だろう。催眠が全て悪いというのではない。元々カウンセリング効果もあるし、〈治癒〉魔術に近しいものがあるからな」

「ただあの家はそれを、黙ってやるから性質《たち》が悪いんだ！」

イリヤさんは書類を机に叩き付けました。

「おっ、こうやっても埃が舞い上がらないのはいいな――。で、だ。あそこの家は目ぼしい名家に娘を嫁がせ、その家の主に催眠をかけているらしいんだな」

「催眠をかけてどうするんでしょう」

「門外不出の魔術を盗むんだよ。今みたいにね」

「あ……今の金庫を開けて欲しいというやり取りは、そういうことだったのですか！」

家の主人に催眠をかけ、魔術の技術、その神髄を吐き出させる。そうしてその技術を自分のものにしてしまう。

確かに、根っからの善人というわけではなさそうです。

「しかもその催眠の効果は、一緒にいる時間が長いほど強くなる。強い催眠はかけられた人間を酩酊《めいてい》状態にするから、今のあいつにまともな判断は期待できんな」

「だから若旦那は、私だと分からなかったのですね。結婚のことをお伝え下さったときは、私のことをちゃんと認識されていましたから」

「ま、ドレスの効果もあるだろうがな」

「確かに良いものを着せて頂いておりますが、若旦那は、ドレス程度で惑わされるようなお方ではありません！」

「さて、どうだかね」

いじわるなダンケルク様。一方のイリヤさんはやれやれ、といった調子で言います。

「軍隊の中でも、既に三つの家があの家の令嬢を嫁にもらっている」

「たくさんお嬢さんがいらっしゃるんですね。お父様はさぞや気を揉《も》まれたでしょう」

「持参金的な意味でか？　現実的な感想だな……。ともかく、その家の連中も、皆催眠を受けた形跡があるんだ。うち一つの家は、魔術の技術をまんまと盗まれている」

「それはどうして盗まれたと分かったんでしょう？」

「今みたいに、堂々と夫連れで魔術省に乗り込んできてね。また窓口のやつが腑《ふ》抜《ぬ》けでさ、色じかけなんぞにほいほい引っ掛かってしまったんだよ」

イリヤさん曰く、魔術省には、魔術の秘伝を預かっておくための金庫が保管されているらしい。それは専用の窓口に行って、身分証を出せば引き出すことができる。

だがどうやらキャンベル家のお嫁さんの一人が、身分証を出さないまま、その色気と美貌で窓口の人を説き伏せ、魔術の秘伝を引き出してしまったようなのだ。

それで、ここの金庫はイリヤさんの許可がなければ開けられないようになったのでしょう。当然ですね、一度泥棒に入られた家は、戸締りをしっかりとしますから。

「ということは、若旦那の結婚も」

「十中八九、催眠によるものだろうな」

「で、ですよね！　そうでなければあんなよれよれの格好を、自分の夫ともあろう方にさせるはずないですし」

ダンケルク様は面白そうに私を見ています。

「あいつのことをずいぶん心配するんだな？　今は俺のメイドなのに？」

「それは、そうですが――。でも、育ての親のようなものですので、ええっと」

「まあ今は見逃してやろう。しかし、次はもっと強い催眠をかけて、ウィル本人の手で金庫を開けさせるかもしれないぞ」

ダンケルク様がそう言うと、イリヤさんが悪戯《いたずら》を思いついた子どものように、ふひひっと笑いました。

「なあに、あたしもただ手を束《つか》ねて見ているだけじゃあないさ。催眠がかけられているのならば、それを解除すればいい」

「た、確かにその通りです！」

シンプルな話です。間違った状態にあるものを、正しい姿に戻す。

そうすればきっと若旦那は催眠から目覚め、結婚もなかったことになるかもしれません。

「だが催眠を解除するのは一筋縄ではいかんぞ。まず、催眠をかけた本人が解除するやり方があるが、ミセス・グラットンの目的から考えて、彼女が解除してくれるわけがない。だから専門の医師による、複雑な作業が必要になるはずだが」

「それくらい知ってる。あたしを何だと思ってるんだ。催眠を解除する当てがあるから言ってるんだよ」

「解除する当て……まさか、あの噂は本当だったのか」

珍しくダンケルク様が驚いたようなお顔をなさいます。イリヤさんはにんまりと笑いました。

「そう。『大聖女』の生まれ変わりが見つかったのさ」

『大聖女』アナスタシア・フォーサイト。

『大魔女』アレキサンドリア・ゼノビア。

どちらも百五十年前、この国で黒い龍が暴れた際に活躍した、比肩する者のない大魔術師です。

ですが、前にも申し上げた通り、人気が高いのは圧倒的に大聖女様の方です。

〈治癒〉の魔術は人々からの信頼が厚く、また大聖女様自身も広く国民に愛された方でした。

「大聖女様の生まれ変わりですか！　きっとお優しい、素敵な方なんでしょうね」

「優しいのは太鼓判を押すよ。——しかし、大聖女の生まれ変わりと、〈秩序〉魔術の使い手が同時に現れるとは」

イリヤさんはぽつりと呟かれました。

「きな臭いな」

「……その聖女様とやらはここにいるのか」

「いずれここへ移ってくることになっている。今は生まれ育った修道院で、引っ越しの準備をしているはずだ」

「ではそいつの腕前に期待するとしよう」

「うん。なあリリス、君も魔術省で働く話、真剣に考えておいてくれよ」

私は頷くに留《とど》めました。ダンケルク様がすっと立ち上がり、私に手を差し出します。

「見るべきものは見たし、話すべきことは話した。行くぞ」

「はい、ダンケルク様」

私たちはイリスさんにご挨拶をし、退出しました。

来た時と同じように、ダンケルク様と腕を組んで歩きます。

「魔術省で働くのはありだと思うぞ。〈秩序〉魔術の機構解明は、今後の戦争にも役立つだろうし」

「私の掃除魔術が、戦争に……」

「もちろんそのまま兵器にするわけじゃないし、お前が戦争に行くわけじゃない。そこは安心して良い」

「いえ。ですが、魔術省で働きながらメイドをするというのは、少々難しいなと考えておりまして」

ダンケルク様は虚を突かれたように私をご覧になりました。

怜悧《れいり》な美貌が、ふっと笑みの形に緩みます。

「そうか。お前の性分はどこまでもメイドか。小物な奴め」

「こ、小物と仰いますが、ダンケルク様。足元を疎《おろそ》かにしては、大事も成し遂げられないものですよ！」

「そうだな。いや、お前の言う通りだよ」

ダンケルク様は続けてこう仰いました。

「お前、魔術省で働け。じきに大聖女の生まれ変わりとやらがやってきて、ウィルの催眠を解いてくれるだろう。そうしたらお前も、グラットン家のメイドに戻れるだろうし」

「それはつまり、モナード家のメイドはもう不要ということでしょうか？」

「俺の家なんか掃除しなくてもいい、と言ってるんだよ」

「それはいけません！　ダンケルク様が半年後にまたここを発《た》たれるまで、というのがお約束だったはずです」

「それはそうだが。なんだお前、愚直にその約束を守るつもりだったのか」

「だって、そういうお約束でしたでしょう？　一度約束したことは守らなければなりりません。もちろん、ダンケルク様がもう私にお暇を出されるというのでしたら――」

そう言うと、いつになく焦ったように、ダンケルク様は首を振りました。

「いや。半年だ、半年の契約のままでいい」

「然様《さよう》でございますか」

「ああ。うん」

それからは、立て板に水のダンケルク様にしては珍しく、あまりお話しになりませんでした。

(何かお気に障ったのでしょうか。でもダンケルク様でしたら、問題があればそう仰って下さいそうですし。邪推はやめましょう)

若旦那といい、ダンケルク様といい、正直な主人というのはありがたいものです。メイドにとっては、特に。

大聖女の生まれ変わり

朝八時。今日はよく晴れて素敵なお天気です。

ダンケルク様のお部屋にそうっと入り、カーテンを開けてお起こしするのが、一日の最初の仕事でございます。

「ダンケルク様、おはようございます」

「んぐ……」

ダンケルク様の寝起きは大変悪くていらっしゃいます。一度お声かけした程度では起きるはずもなく、呻《うめ》き声だけが返ってきます。

なので、まずキッチンに行って、濃いダージリンを淹《い》れて参ります。

たっぷり二十分ほどかけて用意すれば、ダンケルク様も人並みの言語を取り戻されます。

「ダンケルク様。じき八時半になりますよ。本日はご出勤なのでしょう」

「んー……んん……紅茶は……」

「こちらに」

「……飲ませてくれ……」

「起きていらっしゃるのならご自身でどうぞ」

いつもはぴったりとセットした銀髪をぼさぼさにし、とろんと眠たげなお顔で見上げられるダンケルク様。

宝石めいた透明感を持つ緑の目が、甘えたようにこちらを見てくるところは、大きな猫を彷彿《ほうふつ》とさせます。

「女たちは……飲ませてくれる……」

「お頼みする相手を間違えておいでです。メイドは紅茶をお淹れするまでが仕事ですので」

「……意地悪だなお前は」

「これでも優しく振る舞っていたつもりなのですが」

例えば問答無用で布団を剥がしてお起こしするとか、わざと熱すぎる紅茶をご用意するとか。やろうと思えばできますが、そうしていないのはダンケルク様もこの朝のやり取りを楽しんでいらっしゃるふしがあるからです。

すると、ダンケルク様が喉の奥でくっと笑いました。

「確かに、紅茶を頭からかけられないだけ、優しいか……」

「紅茶を頭からかけられるようなことをなさったんですか？」

「まあ、三股とかしてるとそれなりに、な」

「それは弁護のしようがございませんね」

器用なお方です。三股なんて、あの善良な若旦那が聞いたら目を回してしまうでしょうね。

ダンケルク様はのそのそと起き上がると、ベッドの上で静かに濃い紅茶をお飲みになりました。眉間の皺《しわ》がぐぐ、と深くなります。

さりげなくお砂糖の入った壺《つぼ》を差し出すと、ダンケルク様は素直にそれを受け取り、角砂糖を三つお入れになりました。

「今日は魔術省へ行くのか」

イリヤさんにお会いしてから、私は週に二回くらいの頻度で、魔術省へお邪魔していました。

〈秩序〉魔術の研究のためです。もっとも私は部屋を掃除するくらいで（そもそも、そのための魔術なので）、それ見たイリヤさんが、ひたすら研究と称して興奮しているだけなのですが。

「はい。なんでも、聖女様に会わせて頂けるらしく」

「ああ、俺も面会できると言われていたな。ちょうどいい、一緒に拝謁《はいえつ》を賜りに行くか」

頷くと、ダンケルク様はカップを置いて、私をしげしげとご覧になりました。

「その前なら時間があるか。ドレス、新調するぞ」

「聖女様にお会いするのに、ですか？　なんだか成金《なりきん》めいて見えません？」

「いや、聖女に会うためではなく――俺の両親に会うために、だ」

「へあっ？」

　メイドにあるまじき奇声。ダンケルク様がにいっと笑いました。

「このお屋敷にいらっしゃるのですか⁉　大変です！　客間のご用意と、それから晩餐《ばんさん》のご用意と……！　ご両親はお二人だけでいらっしゃるのですか？　専属のメイドや執事の方もおいでですよね⁉」

「落ち着け。遠征の帰りがけにちょっと寄りたいんだとよ。客間は二階の奥の一番でかいやつを使う。晩餐は準備不要。召使は誰も来ない」

「じゅ、じゅ、準備不要ということはないと思いますが！」

　ならばメイドの存在意義などどこにもないではありませんか！

　そう叫べば、ダンケルク様はついに噴き出して、大笑いしました。

「あっははは！　お前がそこまでうろたえるのは初めて見た。いいな。今度からこの手を使おう」

「に、二度と使わないで下さい！　本当に、晩餐がない夜なんてあるのでしょうか」

「俺の父はな、狩ってきた獲物を自分でさばいて、自分で調理するのが趣味なんだ。けど召使がいる場でそれはできない。奴らの仕事を奪うことになるからな」

「確かにそうですね」

「だがここにいる召使はお前しかいない。しかもキッチンメイドではない、とくれば、父も存分に腕を振るえるというわけだ」

一理あるのでしょうか。召使のいない夜など、恐ろしく不便では。

「そ、それならばせめて私はお手伝いをさせて頂きますので、新しいドレスなどは不要かと」

「ああ、それでな、ちょっとお前に頼みたいことがあって」

「何でしょう？」

「お前、俺の婚約者役をやれ」

時が止まりました。誇張でなしに。

「……しょ、正気でいらっしゃいますか？」

「いつもよりずっと頭は冴えているぞ。というか前に言わなかったか？」

「婚約者であることを肯定も否定もしない、謎めいたお供として、何度かお店にご一緒させて頂いたことはありますが！　婚約者役というのは今まで承ったことはございません！」

「じゃあ今日が初めてだな。喜べ」

「何を喜べばよいのでしょうか！」

そう叫ぶと、ダンケルク様は意外そうな顔で仰いました。

「俺の婚約者役など、他の誰にも頼めない、世界でたった一つの貴重な仕事だ。そりゃもちろん、喜ぶべきだろ」

「〜〜〜！」

なんという唯我独尊なお言葉でしょう。思わず眩暈《めまい》がしてきます。

しかし私も負けられません。

「他に適役の方はいらっしゃるでしょう。イリヤさんとか」

「あの女は一晩ともたん。会って五分で秘密を吐くぞ」

「ああ……イリヤさん、正直な方でいらっしゃいますからね……」

「その点お前はぴったりだ。口は堅いし、年齢も、背格好もちょうどいい。お前は佇まいも言葉遣いも、上流階級に見劣りしないし」

それに、とダンケルク様はさりげなく付け足しました。

「お前は本心を隠してふるまうのが、得意みたいだからな」

「……そう、ですね」

（本心を隠すのは、たしかに得意です。……若旦那にはこの気持ちを、もう八年は気づかれていませんもの）

ですが、それとこれとは話が別です。

謎めいたお供の役目はこなせても、ご両親に対して、婚約者として振る舞うというのは、荷が勝ちすぎています。

（それに……杞憂《きゆう》だと分かってはいますし、無駄な心配ですが――ダンケルク様の婚約者役を演じている最中に、万が一にでも若旦那と遭遇してしまったりしたら、どうすれば良いのでしょう？

いいえ、催眠にかかっているのですから、どう思うも何もないのですが……。それに、私なんて一介のメイドですし、何とも思わないとは思うのですが！　でも！　勘違いして欲しくないのです！）

ぼこぼこ浮かんでくるどうしようもない妄想を振り払って、私は申し上げます。

「ダンケルク様。大変恐縮ですが、さすがに婚約者役というのは……」

「頼むよ。かりそめでも、母さんに婚約者の顔を見せてやりたいんだ。……もう、長くはないかもしれないし」

私ははっと顔を上げました。

ダンケルク様は、少し寂しげに笑っていらっしゃいます。

（も、もしかして、お母様はご病気でいらっしゃるのでしょうか？　それならば確かに、婚約者のお顔を見せて安心させてあげたいですね……）

しばし考えて、私は小さくため息をつきました。

「今晩だけ、ですよ。ほとぼりが冷めたら、適当な嘘《うそ》をついて撤回してくださいね」

「もちろんだ。ほとぼりが冷めたらな」

そう言うと、旦那様は勢いよくベッドから起き上がりました。

そのまま私の耳元に手を伸ばし、おくれ毛をそっと耳にかけて下さいます。節くれだった指が、そっと頬を撫ぜていきました。

「……？　あ、失礼致しました。お見苦しいところを」

「ん。……お前、存外難敵だな？」

「はあ？」

「いいさ。難敵ほど落としがいがある」

そういえばこの方は軍人でいらっしゃいました。

そのようなことを思いながら、私はようやく屋敷の掃除に取りかかるのです。

＊

聖女様の元へ行く前に、仕立て屋でさんざん揉めたのですが、その経緯は割愛致しましょう。

結論から申し上げますと、私が勝利致しました。

ええ、真の武者とは自らの勝利を吹聴しないものですが、メイドですのでお許し頂きたく。

要するに、新しいドレスは、私好みの簡素で動きやすいものになったのです。

派手好みのダンケルク様は、この私に負けたというわけですね！

落ち着いたグリーンの色合い、控えめなフリル。足さばきがしやすいように、今の流行りに逆らってウエスト周りに布を集めました。

（でも生地がタフタですから、決してみすぼらしくは見えないはずです）

もしダンケルク様に本当の婚約者様がいらっしゃったら、このドレスをお直ししてお渡しできるよう、綺麗に使おうと決意しました。

メイドが着たものなど、恥ずかしくて着られないと仰るかもしれませんが、何といってもタフタの、オーダーメイドドレスです。

値段が、物凄いのです。

（さすがにタフタは頂戴できません。せめて部屋着くらいにはお使い頂けるはず）

このドレスは、厳密に言えば私の物ではないのです。これはあくまでダンケルク様の婚約者のために作られた物。

だから全て、私が去った後も問題なく使えるようにしておかなければなりません。

そう思いながら、ダンケルク様と共に、聖女様の元へ向かいました。

イリヤさんが案内して下さり、私たちは聖女様のいらっしゃる聖堂へ向かいます。

（魔術省に聖堂があるとは、意外でしたね）

しかし行ってみて分かりました。

この聖堂は、聖女様がいらっしゃるのに合わせて、新しく作られたものだと。

真新しい木材と漆喰《しっくい》の匂い。積み上げられた石は新品の輝きを放っています。

「すごいな。一から聖堂を作ったのか！」

「聖女様をお迎えするのに、魔術省の小汚い部屋というわけにもいかんだろう。とはいえ聖女様は、どのような贅沢品《ぜいたくひん》もお受け取りにならないが」

（おこがましいですが、何となくその気持ちは分かる気がします……）

急に綺麗なものや素敵なものを与えられても、自分は本当にそれに相応《ふさわ》しいのだろうかと、思ってしまうのです。

もちろん聖女様ともあろうお方が、相応しくないなどということはないのですが。

イリヤさんが聖堂の扉を押し開けると、その方はお祈りを済ませて、そっと立ち上がるところでした。

「……！」

小さな体。華奢《きゃしゃ》な手足。小造りな顔には、化粧を施していないのにも拘わらず、つやつやとした唇と、海のようなコバルトブルーの瞳が輝いています。長い薄茶色の髪は、緩くカールを描いて、聖女様の白い修道服に垂れ下がっていました。

小動物のようで、何だか守ってあげたくなるような、そんなお姿でした。

けれどその目にはしっかりと意思が宿り、一筋縄ではいかない女性であることを如実に物語っていました。

聖女様は顔を上げ、私たちをご覧になると、にっこりと微笑まれました。

「はじめまして。わたしはセラ・マーガレットと申します。スコット・ショアから参りました。何卒《なにとぞ》宜《よろ》しくお願い申し上げます」

鈴が鳴るように軽やかな、けれど、長いお祈りに耐えられるだけの強さを持った声。

「俺はダンケルク・モナード。こっちは〈秩序〉魔術の使い手である、リリス・フィラデルフィア」

「い、いえ〈秩序〉魔術はそこまで使いこなせていないので」

「まあ、では『大魔女』の！」

言うなり聖女様は私に駆け寄って、私をぎゅうっと抱きしめました。

まるで姉妹にするかのような親しげな抱擁に、思わず笑みがこぼれます。すると聖女様はぱっと体を離すと、慌てたように仰いました。

「初対面の方にごめんなさい。『大魔女』は優しくて素敵で、いつもわたしの側《そば》にいてくれた大切な存在だったので、つい」

「いえ、嬉しかったのでお気になさらないで下さい。ですが、申し訳ございません。私はそのような大それた人間ではなく、ただのメイドなんです」

「そうなんですか？」

「〈秩序〉魔術が使えるだけで、その、大した生まれではなく……」

「まあ、わたしだってそうですよ。『大魔女』のことですから、きっとあなたに何かを託したんだわ」

「そうでしょうか」

何も託されてなんかいません。それほど凄い人間ではないのですから。

「これから色々質問したりすることもあるでしょうけれど、どうかお許し下さいね。田舎者なんです」

「とんでもございません。私の方こそ、ご迷惑をお掛けすることもあるでしょうが」

「多分ないです。『大聖女《わたし》』が何かやらかして『大魔女』に尻拭いをしてもらう、っていうことの方が多かったので」

「そんなことにはならないと思いますが」

「これ、わたしの勘ですけれど、多分なります。それでも見捨てないで下さいね、リリスさん！」

にっこり、あっけらかんと言われて、私も思わず笑いながら頷いてしまいました。

こんなふうに屈託なく自分を出せるなんて、可愛くて素敵な人です。

「そうだ、わたしが今度〈治癒〉するのは、リリスさんのお知り合いだと聞きました。気合を入れて頑張りますね！」

「はい、お願い致します」

「本当はもう少しお話ししていたいんですが、今日は偉い人とのお茶会に出ないといけないみたいで。また絶対に会いましょうね」

「もちろんでございます」

「またですよ、約束ですからね！」

聖女様は笑いながら、小さくて温かい手で、私の手をきゅっと握りました。

はにかんだようなその笑みが本当に魅力的で、可愛いのです。

しかも、イリヤさんに付き添われて聖堂から出ていく間も、ずっと手を大きく振って下さって。

だから私も大きく手を振って、聖堂を去ってゆく聖女様をお見送りしたのです。

ダンケルク様はそんな私を見て、驚いたように呟きました。

「お前もそんな顔をするんだな」

「聖女様が素敵な方だからですよ。あの人に微笑まれて、仏頂面でいられる人はいません」

「仏頂面だという自覚はあったわけか」

「ポーカーフェイスと仰って下さい。メイドがにやついていては変でしょう」

「ふむ。メイドなら仏頂面でもいいが、婚約者ともなればそうはいかんぞ」

「婚約者役、ですね」

さりげなく訂正したのに、ダンケルク様ときたら、涼しい顔で仰います。

「俺の婚約者ならば、すました顔をしていても可愛らしいが、たまには笑みの一つや二つこぼしてくれても、罰は当たらんだろう？」

「……ご心配なさらなくとも、ご両親の前ではきちんとそれらしく振る舞います」

「そうしてくれ」

ダンケルク様はどこか弾んだ口調で言うと、また私の手を取りました。

ご両親へのご挨拶

「居間よし、主寝室よし、玄関よし……はっ！　下男部屋にお煙草《たばこ》でも用意した方がよろしかったでしょうか！」

「下男は連れて来ないだろうよ。落ち着けって」

そうは言っても、これからいらっしゃるのはダンケルク様のご両親です。

間違っても婚約者役として粗相があってはいけません。

私はダンケルク様にあつらえて頂いた、タフタのドレスをまとっています。髪もアップに整え、お化粧も薄く施しました。

部屋は綺麗ですし、私自身も美しくないとはいえ、見るに堪えないほどではないはず。

それでもやはり狼狽《うろた》えてしまうのは、後ろ暗いところがあるからでしょうか。

やがて遠くから馬車の音が聞こえてきます。

メイドの、しかもオールワークスの習慣で、私はドアを開けようと一歩を踏み出します。

が、その手をダンケルク様が掴み、優雅な仕草でご自身の腕に導かれました。

「手はここ」

「も、申し訳ございません。ダンケルク様、もし私がメイドのような振る舞いをしたら、お叱り下さいね……？」

「おッ……。おう。今お前のせいで、新しい扉を開きそうになったぞ……」

「？　もうドアを開けてもよろしいのですか？」

「ああいや、こっちの話だ」

何がこっちの話なのか分からぬまま、私はドキドキする心臓を扱いかねています。

それを見て取ったダンケルク様は、私の耳元でそっと囁《ささや》きました。

「浮足立ったお前を見るのは新鮮だ。両親には毎週来てもらおうか」

「僭越ながら、それは私の心臓がもちません……。来週辺りにぼろが出るかと」

「そうか？　お前のことだ、十年近くは隠し通せそうだが。――ウィルに隠し通せたみたいに」

（それって、つまり、どういう意味でしょう？）

心臓が違う意味で跳ねました。

もしかして、ダンケルク様は、私の気持ちをご存じで――。

そう思いかけた瞬間、馬車が家の前に停まる音がしました。馬のいななき、石畳を打つ蹄《ひづめ》の音と共に、話し声も聞こえてきます。

「やあダン！　遅くなってすまんな！」

勢いよくドアを開け放って登場されたのは、黒髪とおひげがもじゃもじゃの、熊のような男性でした。

コートに雪靴を身に着けたその人は、ダンケルク様よりも遥《はる》かに背が高く、背中に死んだ鹿を背負っていました。

――鹿？

「おおっ、彼女がお前の婚約者か！　いやあ可憐《かれん》な女性だ！」

「は、初めまして、私リリス・フィラデルフィアと申《もう》しま……きゃっ」

大きな体で、ぎゅうっと抱きすくめられました。

熊に抱き着かれたらこういう感じでしょうか。

獣と血の匂い、それから微かに火薬の香りが漂い、たくましい腕からは温かな体温が伝わってきます。

「こんなに美しい女性が婚約者として来てくれるなんて！　ありがたいこともあったもんだ！」

「こら、ユヴァル。そんなに抱きしめたら、小さな婚約者殿は潰れてしまうよ」

後ろから現れたのは、銀髪の綺麗な女性でした。

編み込んだ銀髪に、アメジストのような瞳。微笑むと、目じりの皺がきゅっと増えて、とても素敵です。

女性にしては背が高く、がっしりとした体を男物の狩りの服に包んでいます。

「初めまして。あたしはダンの母親で、ハルフェリアという。ハルと呼んで欲しい」

「ハル様ですね。初めまして、リリス・フィラデルフィアでございます」

ハル様は、よく日に焼けた手でぎゅっと私の手を握り、私の目を覗《のぞ》き込《こ》まれました。

（すごい、宝石みたいにきらきらした目です。でも、ご病気のようには見えませんね？）

そうしてハル様は、にかっと快活に笑いました。

「ダン！　お前には過ぎた子をよくもまあ見つけてきたもんだ」

「だろう？」

「まさか脅したりしちゃいないだろうね」

ぎらりと鷹《たか》のように鋭い眼光がダンケルク様に向けられます。

ですがさすがにご子息は慣れたもので、

「愛し合っているから、婚約したんだがな」

と言って、私を抱き寄せます。

私の腰を抱えてもまだ余るダンケルク様の腕が、いつもより頼もしく感じられます。

密着した体の半分がやけに熱いのは、気のせいでしょうか。

（いえっ、ここでしっかりと演技をしなければ！　ハル様に怪しまれてしまいます！）

私はにっこり笑って、ダンケルク様の腕に手を添えました。

「はい。ダンケルク様をお慕いしております」

「そう？　それならいいんだけどね」

ハル様は優しく笑って、ユヴァル様の背から鹿を下ろすのを手伝われていました。

「さて、解体場はそのままだろ？　このまま鹿を捌《さば》いて、ステーキにしてやるからね！」

「あっ、あの、お手伝い致します」

言ってからはっとしました。婚約者が、鹿の解体の何を手伝うというのですか！

ですがお二人とも、それを若い娘のやる気と取って下さったようです。

「別に、軍人の嫁になるからって、鹿を解体できなきゃいけないわけじゃないんだよ。これはあたしらの趣味、あたしたちが好きでやってることなんだ。あなたはそこで座って、出来上がるのを待っていておくれ」

「品数の多い、上品で技巧の凝らされた晩餐とはいかないが――最高に旨《うま》い肉を食わせてやるからな、待っていなさい！」

お二人は鹿をずるずると引きずって、台所の方へ入って行かれました。

「……ダンケルク様」

「何だ」

「嘘をおつきになりましたね？　お母さまがご病気などと」

「あの様子で意外と不死の病かもしれんぞ？」

「あんなにきらきらした目でご病気など、ありえません」

そう強く言えば、ダンケルク様は悪びれずに、

「まあ、心配性という不治の病であることは確実だから」

「まったく！　そうやって人を騙すことに良心の呵責《かしゃく》というものはないのですか！」

「あっははは、いやあ怒っても綺麗だなお前は」

「話を！　そらさない！」

世の中にはついていい嘘といけない嘘があると思うのです。

お母さまがご病気なんていうのは、ついていけない嘘の代表ではありませんか！

「演技は今晩だけですからね、次からは別の女性を婚約者役にするか、もしくは本当の婚約者を迎えて下さいませ！」

「しーっ。分かったから、静かにしないと……」

「ねえ、キッチンにある食材やら調味料やらは、使ってもいいんだろうね？」

ハル様がひょっこりと顔を出されました！　私は慌ててダンケルク様に寄り添いながら答えます。

「はいっ！　使って問題ない……と！　キッチンメイドから聞いております！」

「分かった、ありがとう」

ダンケルク様がくくっと喉の奥で笑っています。ハル様がキッチンに戻られるまで、気が気でないというのに！

「何だかこう、悪いことをしているみたいで楽しいな？」

「しているみたいじゃなくて、実際にしているんですよ、ダンケルク様」

そう言うと、ダンケルク様はまた子どもみたいにくすくすと笑っていました。

ほどなくして、テーブルの上にどっかりと乗せられたのは、巨大なステーキでした。

それだけではありません。

ハーブ入りの腸詰に、野菜と鹿肉を煮込んだシチュー、それからかりっと焼けたチーズ入りのパンも一緒です。

「たった一時間で、こんなに……！　すごいです！」

「なに、ハルと俺がいればざっとこんなもんだ。素朴な食事で申し訳ないが、味は保証するよ」

確かに素朴ですが、出来立てでとても美味《おい》しそうです！

ハル様は大きな瓶を三本ほど、どどんとテーブルの上に置かれました。葡萄酒《ぶどうしゅ》でしょう。

それをユヴァル様に注いでもらい、乾杯の準備が整いました。

「さ！　どんどん食べてどんどん飲みな！」

私たちは食事をし、お酒を飲みながら、色々なことをお話ししました。

どこで出会ったのか（ダンケルク様が友人の紹介だといって上手《うま》くごまかしました）。

私の家柄はどんなものか（言《い》い淀《よど》んでいたら、勝手に学者の家の娘ということにされました）。

そうして、お互いのどんなところが好きなのか――。

（優しい……というのはありきたりすぎますね。お顔が良いから……というのは外見目当てのようでよろしくないですし、家柄が良い、というのも品がないでしょうし……）

不審がられないような内容を考えていると、葡萄酒入りのゴブレットを傾けたダンケルク様が、先に口を開きました。

「リリスの好きなところは――まず辛抱強いところ。それから、辛《つら》いことがあっても人前で泣かないところ。あとはまあ、俺に厳しいところかな」

「……それ、本当に好きなところですか？」

私が尋ねると、皆さんがくすくす笑いました。

「ああ、伝わってくるぞ。この不肖者《ふしょうもの》の倅《せがれ》が、あなたに首ったけであるということがな」

「く、首ったけ」

（というか、辛いことがあっても人前で泣かないって、どうしてご存じなのでしょう）

その口ぶりだと、まるで私が一人で泣いているところを見たことがあるような感じですが……。

ぐるぐる一人で考えていると、ダンケルク様がテーブルの上で私の手を握りました。悪戯っぽく笑いながら、

「我が婚約者様は、俺の好きなところを教えてくれないのかな？」

「ええっと……」

必死に考えて、これだ！　と思うことを見つけました。

「寂しがりなところ、でしょうか」

「……」

一瞬静まる晩餐のテーブル。

（……ぐ、軍人の家系の出であられるダンケルク様に、よりにもよって寂しがりなどと言ってしまいました！）

人生の中でも最大級の失言です！

私は慌てて次の言葉を探そうとしましたが、ハル様の真剣な眼差《まなざ》しを受けて縮こまってしまいます。

「も、申し訳ございま、」

「ダン、絶対この子を離すんじゃないよ。お前の面倒な性格を分かってくれる子はそうそういないんだから」

「分かってるって、もとよりそのつもりだ」

ダンケルク様が苦笑しながら仰いました。

ユヴァル様はうんうんと頷きながら、既に何杯目か分からない葡萄酒を飲み干し、こう仰いました。

「お前は小さい頃から、面倒くさい寂しがり屋だからな。狩りに連れて行かないとへそを曲げて部屋で泣くくせに、連れて行くと文句ばかり言ってなあ」

「靴が汚れる！　臭い！　とか言うくせに、狩りの日は誰よりも早く起きて待ってるんだよねえ」

「そりゃそうだ、父さんと母さんが毎回楽しそうに出かけていくのに、俺だけ仲間外れにされたんだぞ？　普通泣くだろ！」

楽しげな家族の会話。自然と私の頬も緩みます。

（ダンケルク様は、素敵なお家で育てられたのですね。そういえば若旦那も、お父様やお母様とこんなふうにお喋《しゃべ》りされていましたっけ）

私には家族がいないので、家族の気安いやり取りを、どこか夢物語のように聞いていたものです。

ちょうど今みたいに。

（私はよそ者ですけれど、それでもこんな風に楽しくて優しい会話を聞いていると、何だか家族の一員になれたような気がするんですよね）

本当はそんなことあり得ないのですが。

ちょっとしたおこぼれに与《あずか》る分には、良いですよね？

「ああもう、リリスが置いてきぼりだろ。ほら、葡萄酒でも飲んで、あなたのことをもっとよく聞かせて」

ハル様が私のゴブレットにお酒を注いで下さいました。

満たされる盃《さかずき》とは裏腹に、私の中身は空っぽです。話すことなんて何もありません。

「……」

仕方がないので、葡萄酒を一気に飲み干します。だって、だって――話すことなんてないんです。

――私はただの孤児で、メイドで、ついでに失恋中なのですから。

＊

『ねえ、リリス。もしよければ僕の――婚約者役、なんてやってくれないかな』

若旦那がはにかみながら私に話しかけてきます。ああこれは夢だな、と思いながら、私は頷きました。

夢なのですぐに場面が変わります。

私は若旦那の横に並んで、行方不明のはずの若旦那のお父様、お母様とお喋りをしています。

私はメイドですが、若旦那の昔を知っていますので、グラットン家の方々とこうやって思い出話をすることができるのです。

（ああ、若旦那の婚約者になれたら、ただ一人の女性になれたら、どんなに素敵でしょうね）

現実では到底無理だと分かっているから、こういう夢を見られるのです。

夢は不可触。私の望みだけが反映されます。

（若旦那は、でも、私のものではありませんから）

一介のメイドと結婚なんて不名誉、若旦那には似つかわしくありません。

優しい若旦那は、きっと聖女様のような、優しくて品があって、おっとりした方がお似合いのはずです。

そう、ちゃんと分かっているのに――。

（どうしてこんなに、辛いのでしょう？）

＊

「……んん」

意識がゆっくりと浮上していきます。

どうやら私はふかふかの所に寝ているようです。身じろぎしようとしますが、誰かの体がそれを阻んでいるようでした。

何か温かいものが唇に触れたかと思うと、小さなリップ音を立てて遠ざかっていきました。ダンケルク様が普段つけている香水の香りが、仄《ほの》かに漂っています。

「なん……ですか……？」

「おう、起きたか」

至近距離から聞こえるダンケルク様の声に、私はそうっと目を開けます。

「……！」

「おはよう、リリス」

シャツの襟元を緩め、髪の毛をほどいた姿のダンケルク様が、鼻と鼻が触れ合うほどの至近距離にいらっしゃいました。

澄んだ緑色の目は、この角度からだと、まるで深い海のように見えます。

……というか。この体勢は。

(だ、ダンケルク様に抱きしめられて……⁉　というか、ここ、ダンケルク様のベッドですか⁉)

事もあろうに、ドレスをまとったまま、ダンケルク様のベッドで、ダンケルク様に抱きしめられたまま、眠りこけていたようです。

メイドとしてあるまじき行為に眩暈がします。

勢いよく起き上がると、軽い頭痛がしました。と同時に蘇るのは、昨日の忌まわしき記憶たち。

「……わっ、わた、私、の、飲みすぎましたね⁉」

「葡萄酒をゴブレットに軽く十杯、それから濁り酒を瓶の半分くらいは飲んでたぞ。お前のペースに合わせてた父さんは早々に潰れた」

「ひいっ」

「母さんは嬉しそうに一緒に飲んでたが、お前が濁り酒の瓶を空にした時点で潰れた」

「……何か変なことは申し上げませんでした……よね？」

ダンケルク様はのろのろと起き上がり、ぐあふ、と猫のようにあくびをしました。

「記憶あるんだろ？　お前はどこまでも婚約者役を演じ続けてたよ。――ただし、思いっきり〈秩序〉魔術は使っていたが」

「あうう……。ぜ、ぜんぶ、覚えています……！」

そう、ダンケルク様のご両親に何もお話しできることがないため、飲むしかなくなった私は、テーブルの上のお酒を飲み干しました。

酔っぱらった私は、所かまわず魔術を使いました。泣いたり叫んだりしなかったのがせめてもの幸運だったでしょうか。

「いやあ、鹿の解体場所に果敢に踏み込んでいって〈秩序〉魔術で全部片づけたときは、母さんも目を丸くしてたよ」

「その前に、殴ってでも止めて頂きたかったです……！」

「嫌だ。あんな面白いものを止めるなんて野暮だし、そもそも俺がお前を殴れるわけないだろう」

そう、そうしてハル様とユヴァル様が潰れた中、私ときたら屋敷中に〈秩序〉魔術をかけて回って——。

最後に辿《たど》り着《つ》いたダンケルク様の部屋で、力尽きたのでした。

「申し訳ございません……！」

「なぜ謝る？　婚約者の務めは立派に果たしたぞ」

「いえ！　酔っぱらって魔術をかけ回った挙句、主人のベッドで眠るなど……メイドにあるまじき失態でございます」

「家中綺麗になったからいいんじゃないか？　それに、昨晩は少し冷えた。お前は湯たんぽに丁度良かったぞ」

さらりとそう仰るダンケルク様は、さすがに女性慣れしておいでです。

ベッドから降り、散らかっているご自分と私の靴を拾い集めると、ベッド端にちょこんと置きました。

「コルセット、ちょっと緩めたから、下に行く前に締め直しておけよ」

「緩めた⁉」

「そんな顔するなって。さすがに締めたままじゃ寝づらいだろうと思って」

（た、た、確かに紐《ひも》が緩んでいますね……⁉）

遅れて羞恥心がどっと押し寄せます。コルセットを緩めるなんて、それこそ本当の婚約者にだってしないことです。

女性が自分のコルセットの紐を預けるのは、召使か夫くらいのものでしょう！

「手伝うか？」

「結構ですっ」

ほとんど泣きそうになりながら、私は部屋を出ていくダンケルク様を見送りました。

これは不幸中の幸いというか、ダンケルク様のご両親の度量の広さによるものですが。

酔っぱらって〈秩序〉魔術をかけて回ったことは不問に処されました。むしろ感謝されました。まあ、部屋は綺麗になりましたからね……。

そうしてハル様は、にっこり笑ってこう仰ったのです。

「あなたの可愛らしい一面が見られて嬉しかった。どうか、ダンを見捨てないでやっておくれ」

そうして午前中のうちに、二日酔いに苦しむユヴァル様と共に、帰って行かれたのでした。

二度目の失恋

「おいリリス、ちょっといいか」

「はい」

ダンケルク様は、お着替えなどはご自身でなさいます。その際私の出る幕はないのですが、たまに私をお呼びになる時があります。

「失礼致します」

「聞きたいんだが、サーベルのタッセルは赤がいいか、青がいいか」

儀仗《ぎじょう》用のサーベルを掲げてダンケルク様が聞かれます。

私は一歩下がって、ダンケルク様のお姿を拝見しました。

お召しになっているのは、黒の儀礼用軍服。

ウエストを強調した長いジャケットに、細身のスラックス。胸元の徽章《きしょう》の数は数え切れぬほどで、私などは目がちかちかするものです。

「……青はいかがですか？　赤ですと胸元の徽章の色と調和しないかと」

「だな」

「御髪《おぐし》はどうなさいますか。結いますか」

「んー……そうだな。紺のリボンで」

「かしこまりました」

私はダンケルク様の細い髪を丁寧に梳《す》き始《はじ》めます。

式典なので、前に流すいつものスタイルではなく、ハーフアップできっちりとまとめ上げました。

鏡の中のダンケルク様は、どこかの詩にでも謳《うた》われそうな美貌です。

銀髪に緑の目、そうして肌の色は抜けるように白い——となれば、多少なりとも女性らしさを感じさせそうなものですが、ダンケルク様の場合はあまり中性的な印象を受けません。

恐らく、背が高くて、軍人らしいお姿でいらっしゃるからでしょう。儀礼服も様になっていらっしゃいます。

(前に儀礼服のダンケルク様とお供したときは、女性方の視線がすごかったですね……。あの中で生きていらっしゃるのですから、物凄く強い心臓をお持ちなのでしょう)

「最近儀礼服が多いですね」

「叙勲がぱらぱら来るもんでな。一気にまとめてやれってんだ」

そう毒づいたダンケルク様は、完璧ないで立ちですっと立ち上がります。

「そうだ、お前今日は魔術省に来られそうか」

「行けますが、何か用事でも……」

「大聖女がウィルの治療をするそうだ」

若旦那の治療！

その言葉に自然と背筋が伸びるのを感じます。

「魔術省に、二時にウィルとミセス・グラットンを呼び出してある。そこで大聖女どのが不意打ちで現れ、催眠術を〈治癒〉するというわけだな」

「わ……分かりました。私が行ったら、警戒されてしまうでしょうか」

「大丈夫だろう。俺は大聖女どのの警護を任されているが、そのお供と言えばいい」

警護のお供というのも何だか妙な話ですが、その口実しかないでしょう。

（なんだかドキドキしてしまいますね……。大聖女様の生まれ変わりの〈治癒〉魔術を拝見できるというのもそうですが、やはり、若旦那の催眠が解けると思うと……）

催眠が解ければ、やはり結婚はなかったことになりますよね。そうしたら、またお家に呼び戻してくださいますでしょうか。

もちろん、私などが奥様の後釜に、などと大それたことは考えておりません。

（ですが、ダンケルク様があつらえて下さったドレスがあれば、少しくらいは見直して下さいますでしょうか？　って、いけませんね！　身分不相応なものを着せて頂くと、分不相応なことを考えてしまいます）

私は邪念を振り払いながら、ダンケルク様をお見送りすべく、一緒に玄関まで降りていきました。

*

魔術省を訪れるのも、これで十度目ほどでしょうか。そろそろ慣れて参りました。

儀礼服姿のダンケルク様のエスコートで、聖堂へ向かいます。

果たしてそこには、緊張した面持ちの聖女様がいらっしゃいました。

私を見た聖女様は、ぱあっとお顔を輝かせ、軽やかな足音を立ててこちらにやってきます。

「お久しぶりです、リリスさん！　今日はリリスさんのお知り合いを〈治癒〉するんですよね。腕が鳴ります！」

「私がもう十四年お仕えしている主人なのです。どうかよろしくお願いします」

「もちろんです！　……あれ？　じゃあ今モナードさんのお家にいらっしゃるのは」

「ああ、それは……」

雇って頂いているからです、と申し上げる暇もあらばこそ。

聖女様は、その飴玉《あめだま》めいた目をきらんと輝かせました。

「もしかして、モナードさんの噂の婚約者様というのは、リリスさんのことなんでしょうか！」

「はい？　あ、ちが、いえ違わないのですが」

「とってもお似合いです！　美男美女で、背筋がぴっと伸びていて！　でもそれでいて、お互いを許し合っている……信頼している感じがします」

聖女様が優しいお顔で仰います。このお方からそう言って頂けるのは、とても名誉なことだと思います。

（これがダンケルク様でなくて、若旦那と一緒のときに言われたら……なんて、お二人に失礼すぎますね。いけませんよ、リリス！）

ダンケルク様は否定も肯定もせず、ただ悪戯っぽく笑いながら、私の顔を覗き込んできます。

「ん？　何だリリス、不服そうじゃないか」

「滅相もございません。私などがダンケルク様に釣り合うはずがないのに、と思っていたのです」

「そうか？　あんまり自己評価が低いのは美徳とは言えんぞ」

「かと言って、高ければよいというものでもないでしょう」

聖女様がくすっと笑いました。

「ふふ。やっぱり、楽しそうです」

「ほら、大聖女様はお分かりだ。素直になれよリリス」

「元からこの上ないほどに素直ですが」

「まあそうだな。顔に全部出ている」

などと気安くやり取りをしていたダンケルク様の顔が、ふと引き締まりました。

警戒の色を帯びた目が、まっすぐに聖堂の入り口を見つめていらっしゃいます。

「……来るぞ」

その言葉に応ずるように、扉がゆっくりと開きました。

現れたのは、濃紺のドレスに身を包んだイリヤさんと、それから。

相変わらず花のように美しいミセス・グラットンと、対照的にしおれきってしまった若旦那のお姿がありました。

「あら、先客がいらしたの」

ミセス・グラットンは不愉快そうに片眉を上げます。そんなお顔でさえ、女優のように様になっているところが凄いです。

イリヤさんは、いつものように何気ない様子で言いました。

「彼女がグラットン家の魔術を保管している」

「……あなたが金庫の管理をしていると聞いたけれど」

「より相応しい人材がいれば、その人間に任せるのが魔術省の流儀でね」

しれっと言い放ったイリヤさんは、ダンケルク様にそっと目配せをなさいます。

ダンケルク様は心得た様子で微かに頷かれました。お体に力が入るのが分かります。

きっと、儀仗のふりをして腰に下げている真剣をいつでも抜けるようにしているのでしょうね。その点、聖女様は役者ができていたと言わねばなりません。

聖女様はにっこりと太陽のような笑みを浮かべて、ミセス・グラットンの元に駆け寄ります。

そうして修道服の裾をつまみ上げ、優雅にお辞儀をなさいました。

無邪気な仕草に、ミセス・グラットンは毒気を抜かれたような顔になりました。面白くなさそうに聖女様を見下ろしています。

（例えるならば、キツネと小鹿《バンビ》……といったところでしょうか。なんて、奥様をキツネ呼ばわりしてしまいました。ダンケルク様の言い方が移ってしまいましたね）

聖女様は笑ったまま、ミセス・グラットンの後ろに控えている若旦那の前に進み出ました。

そうして、さくらんぼのような唇がゆっくりと詠唱を紡ぎました。

「〝三度唱えるは我が名、二度唱えるは主の御名《みな》、そして一度唱えるは天が名――安寧をここに、そして全ては〈治癒〉される〟」

私の詠唱にそっくりな、けれど細部は確かに異なる詠唱が、薄緑色の魔術陣を描きます。

例えるならば、私たちに優しく木漏れ日を投げかける葉の色。萌《も》え出《い》ずる新芽の色。穏やかな気配を帯びた魔術陣が、じんわりと若旦那の体の中に染み込んでいって。あの、大好きな紅茶色の瞳が、ゆっくりと生気を取り戻してゆきます。まるで靄《もや》が晴れたよう。

そうして、その美しい瞳は、聖女様の姿を認めます。

(――あ)

若旦那の唇が軋《きし》みながら開き、誰何《すいか》の声を上げました。

「……君は、誰だろう」

「セラ・マーガレットと申します。あなたの治療を担当させて頂きました。お名前は言えますか？　ここがどこだか分かりますか？」

若旦那はご自身の丸っこい手を額にやりました。そうしながらも、聖女様の方をちらちらと見ています。

その眼差し、その顔――。ああ、私はそのお顔が意味するところに、気づいてしまいました。

私の絶望を蹴散らすように、ミセス・グラットン――いえ、ミス・キャンベルは叫びます。

「お前、私の主人に何をしたの⁉」

「主人？　いや、僕は君の夫になった覚えはないよ」

「はあ？　ここに証文があるというのに？」

ミス・キャンベルは懐から羊皮紙を取り出します。しかしそれは青白い炎を上げて燃えてゆきます。

燃える証文から慌てて手を放した彼女は、その美貌を大きく歪《ゆが》めて、証文を燃やした人間――ダンケルク様を睨《にら》みつけました。

ダンケルク様の指先には炎が、そして緑の目には怒りが宿っています。

「ここまできてしらを切り通す胆力は認めるがな、キャンベルの女狐。お前の正体は既に露見している」

「何のことかさっぱり分からないわ」

「キャンベル家が市井の商店に納めた品の数々、お前の姉妹がたぶらかした男たちのこと、そしてウィルにかけた催眠――全てがお前の罪を物語っている。ああ、それとも他にもっと材料が必要か？」

ミス・キャンベルは少しの間ダンケルク様を睨みつけていましたが、ややあって艶然と微笑みます。

「……そう。そうなの！　ええ、構いやしませんとも、この男は単なる足がかり、踏み台、蹴とばすべき相手でしかないのだから！」

無礼千万なことを叫ぶなり、ミス・キャンベルは、ドレスのウエストに巻かれていたリボンをさっと
ほどきました。

その体が黒く澱《よど》んだ気配に包まれてゆきます。

華奢なシルエットが、黒い気配の中でうごめき、姿を変えてゆくのが分かります。

（あれは……あの黒い物には、見覚えがあります。いえ、これは、私の記憶ではない……！）

「あれは、黒《ノア》です！　皆様、こちらへ！」

「黒《ノア》？　しかしそれは『大魔女』が――」

「わあ、その声は君、リリスじゃないか？　服装が違うから分からなかったよ」

どこまでも若旦那らしいのん気なお言葉に、思わず笑ってしまいます。

こんな状況なのに、いえこんな状況だからこそ、クルミを奪われたリスのようにびっくりしている若旦那のお顔が、懐かしく思えます。

いえ、和んでいる場合ではありませんでした。

ミス・キャンベルの体にまとった黒い気配が、やがて形を成していきます。

それは彼女を守り、威厳を与えるローブのように、体にまとわりついていくようでし

た。

「でも、あなたがなぜ黒《ノア》を使えるんですか……！　あれは『黒煙の龍』しか扱えないはずなのに」

百五十年前に『大魔女』が退けた『黒煙の龍』。

それから発せられるはずの黒《ノア》を美しくまとったミス・キャンベルは、にこりと笑いました。

白い肌によく映える、夜の闇よりも捉えどころのない漆黒は、聖堂の光を受けてぬめぬめと輝いています。

しゅうしゅうと蛇の威嚇音のような音と共に、ミス・キャンベルの全身から黒い靄のようなものが放たれてゆきます。

聖堂を徐々に黒く染め上げてゆくそれは、間違いなく記憶通りの黒《ノア》でした。

魔力の汚れ。世界の影を煮詰めて集めて小さくしたもの。

悪をなすもの。

今まで見たことなどないはずなのに、これほど忌まわしく感じられるのは、一体なぜなのか。

考える間もなく、ダンケルク様が私を庇《かば》うように前に出、剣を抜き放ちました。その剣先に青白い炎が灯《とも》ります。

「撃ち抜け！　〈紅蓮《ぐれん》〉〈焔《ほのお》〉！」

ダンケルク様は、躊躇《ちゅうちょ》なくミス・キャンベルを攻撃しました。

けれど彼女は、身にまとった黒《ノア》を引き延ばして、ダンケルク様の炎を防いでしまいました。

黒《ノア》は通常の魔術では歯が立たないようです。

「どんな攻撃も無駄よ。だって『大聖女』はいても、『大魔女』は存在しないのだから。あの憎たらしい女がいないのなら、我らの目的も果たせるでしょう」

「目的？」

「世界を食らう、という目的」

短く答えたミス・キャンベルは、くすくすと少女のように笑いました。

いつの間にか彼女の瞳は、魔性を司《つかさど》る金色へとその色を変じています。ですが、私たちを一思いに攻撃してこない。それで私は気づきました。

これは、かつて私たちが対峙《たいじ》したものに至っていない――。

『かつて』がいつのことなのか、『私たち』とは誰のことなのか、脳裏に浮かんだこの記憶の出所を確かめる余裕はなさそうです。

「あなたはまだ『黒煙の龍』ではありませんね。まだ成体ではない」

「……へえ？　だから何だというの？」

「今なら私程度でも追い払える、ということです」

黒い靄が私たちを取り囲み、ぐるぐると回転し始めました。途端に体が鉛を飲み込んだかのように重くなります。

これが黒《ノア》。〈秩序〉を乱し、混沌を呼び、人々を悪へと突き落とすもの。

「〝三度唱えるは我が名、二度唱えるは主の御名《みな》、そして一度唱えるは魔《ま》が名《な》——静謐《せいひつ》よここに、そして全てを……〈秩序〉へ帰せ〟」

赤い魔術陣が足元に灯り、一気に聖堂中に広がっていきます。

ミス・キャンベルは身を守るように、黒《ノア》のローブを引き寄せました。

けれど黒い靄たちは、発する側から赤い魔術陣に吸い込まれていきます。

いきなり防御を引き剝がされ、ミス・キャンベルは目に見えて狼狽えました。

「ここで一気に仕留めるつもりだったのに……！　〈秩序〉魔術を使うお前は一体何者!?　『大魔女』は生まれ変わらないよう、呪いをかけたはずよ！」

「私はただのメイドです。……ですが、仕えていた主を〝踏み台〟などと呼ばれては、ただのメイドも黙ってはいないということです！」

ミス・キャンベルは黒《ノア》を絨毯のように引き延ばし、その上に飛び乗ると、窮鼠《きゆうそ》の素早さで空中に舞い上がりました。

赤い魔術陣が、そのなめらかな足に絡みつきます。

けれど彼女は手負いの獣のような激しさで振り払い、

「今回は退いてやるわ。けれど次はない。首を洗って待っていることね！」

と叫ぶや否や、聖堂の窓ガラスを突き破り、外へと逃げていったのです。

微かな黒《ノア》の残滓《ざんし》が漂う中、私たちは呆然と割れた窓を見つめていましたが、最初に動いたのは、軍人のダンケルク様でした。

私の肩を摑んで振り向かせると、全身をチェックしています。

「怪我《けが》はないな⁉　見たところ呪いも受けていなそうだが……。どこか痛む箇所はあるか？　苦しくないか？」

「いえ、大丈夫です。お気遣いありがとうございます」

「そうか。良かった」

安堵《あんど》を滲《にじ》ませた声で言うダンケルク様でしたが、ややあって聖堂の中を見回しました。

聖堂を染め上げていた微かな黒《ノア》は、主を失ったためか、いつの間にか霧散しているようでした。

聖女様がどこか興奮したように話しかけて来ます。

「さすがです！　リリスさんの力はやっぱり凄いです！」

「いえ、凄いのは多分、私ではないです」

だって今まで、黒《ノア》や黒煙の龍なんて、知識にありませんでした。

けれど今の私は、それら全てのことを知っている。あの黒《ノア》に対抗し得るのが、自分の〈秩序〉魔術だけであることも、理解していました。

正直言って信じられませんが、実際に黒《ノア》を目撃した以上、信じるしかなさそうです。

こういった知識が、まるで昔のことを思い出すかのように頭に浮かんできたのは、百五十年前に命を落とした『大魔女』が何か仕掛けを施していたためでしょうか。

それを口にすると、イリヤさんが少し興奮したようにまくしたてます。

「さっきあの女は『大魔女』は生まれ変わらないように呪いをかけた、と言っていたな？　しかし『大魔女』はそれをかいくぐって、君に何かを託した……ということになるんじゃないか？」

「そうかもしれません。ですが問題は、ミス・キャンベルが持つ『黒煙の龍』の力です。黒《ノア》は『黒煙の龍』しか出せないものですから、彼女は何かしら『黒煙の龍』の加護を受けているのかもしれません」

「その可能性はあるな！　催眠をかけるなんて、なんて剣呑《けんのん》な一族だと思っていたら、まさかけだものの加護を受けていたとは！　キャンベル家そのものが昔から龍に連なるものだったのか？　それとも龍が、この地位に上り詰めるためにキャンベル家を興したのか……？」

聖女様が険しい顔で呟きます。

「『黒煙の龍』の目的も気にかかります。世界を食らうと言っていましたが、一体どういうことなのでしょう」

「落ち着け、二人とも。まずは一度退いて、情報をまとめる時間が必要だ。……ウィルもまだ本調子ではないようだし」

(そうです、若旦那！)

『黒煙の龍』を見ても意外と動揺していないように見えるかもしれませんが、若旦那の感情はいつも遅れてやってくるので、そのうち狼狽え始めるでしょう。

(――でも、今回は少し違うかもしれません)

若旦那の視線を辿るまでもありません。若旦那はずっと、ずうっと、聖女様を見つめていました。

催眠を解かれたことに対する感謝の念とか、物凄い力を持っている人に対する尊敬の気持ちとか、そういう意味合いではなく。

(あれは、一目惚《ひとめぼ》れした人の目ですね)

暗い気持ちが石のような塊になって、心の奥底に沈んでいきます。

がっかりするということは、やはり私は心のどこかで若旦那と相思相愛になることを望んでいたのでしょう。

期待を、していたのです。

その期待は、真っ先に押し殺して、隠して、なくしてしまうべきだったのに。ダンケルク様に美しいドレスを着せてもらって、ハル様たちに婚約者のように可愛がってもらえて――。

だからきっと勘違いをしてしまったのです。

ひょっとしたら自分も、舞台の上に上がる資格があるんじゃないか、って。

愚かな勘違いでした。馬鹿みたいな期待でした。

そのせいでこんなに胸が痛い。若旦那が結婚したと聞いた時よりも、ずっと。

「しかしやはり対抗策となりうるのは、君の〈秩序〉魔術だ、リリス！　今までより頻繁に魔術省に足を運んでもらうことになるだろうが、構わないね？」

「は、はい」

（こんな大事な時に、私ったら自分のことばかり考えて……。でも忙しくなるのはありがたいですね。手を動かしていれば、余計なことを考えなくてすみますから）

二度も張り裂けた片恋が、しくしく痛むのを感じながら、私は無理やり笑みを作りました。

「……」

それを、微かに眉をひそめたダンケルク様が見ているとも知らずに。

晴天の霹靂《へきれき》

私と聖女様は、魔術省の練兵場にいました。

しかも練兵場の特等席――行進や、整列している様子がよく見える、バルコニーのお席に、恐れ多くも並んで座らせて頂いています。

これから始まるのは模擬戦闘。

聖女様に軍隊の実力を見てもらうのが目的だそうですが、ダンケルク様がそのお相手役として私をねじ込んだため、メイドであれば座ることのできないバルコニー席にお邪魔させて頂いているのでございます。

『大聖女』の生まれ変わりである聖女様の背後には、白銀の甲冑《かっちゅう》に身を包んだ騎士たちが常に二人、護衛として付き従っていました。磨き上げられた甲冑には百合《ゆり》の花の紋様が彫られており、見栄えのする護衛の方々です。

護衛の方々の存在を背中に感じ続けるというのは、なかなか居心地の悪いものですが、聖女様は意に介さず、色々と私に話しかけて下さいました。

聖女様が仰るには、『大魔女』アレキサンドリア・ゼノビアと『大聖女』アナスタシア・フォーサイトは、大変仲が良かったそうです。

「アナスタシアは何ていうか、少し直情的な性格で、思い込みが激しいところがあったみたいなんです」

「そうなのですか？」

「ええ。それをアレキサンドリアがたしなめて、軌道修正するっていうのが二人の関係だったようですよ。今のわたしたちみたいに！」

「私、何か聖女様の軌道修正をしましたでしょうか」

そう尋ねれば、聖女様はてへへと笑いながら、

「さっきこのバルコニーから落ちそうになったのを、助けて頂きました……」

「ああ……。いえ、そんなこと、お気になさらないで下さい。私こそ、急に背中を引っ張ったりして」

「いえ！　こういうことなんだな、と確信を持てました。わたし、修道院にいた頃から、本当におっちょこちょいで」

修道服の裾を踏んづけた聖女様が、バルコニーから大きく身を乗り出し、危うく落下しそうになったところを、慌てて摑まえたのはさっきのこと。

聖女様は小柄なのに瞬発力がおありになるので、予想もつかない場所にいることが多いのです。赤ちゃんってこんな感じでしょうか？

「でも、リリスさんの足を引っ張らないようにしますから！　……ですから、聖女様で

はなく、セラと名前で呼んで下さいませんか？」

上目遣いにおずおずと尋ねられて、いいえと言える人間がいるでしょうか？

子リスのようなお顔に、私はくすっと笑いながら、

「では、僭越ながら、セラ様と」

「様もできれば取ってもらいたいですが、それはのちのち！」

「のちのち、ですか」

「はい。リリスさんは一気に距離を詰めると逃げられてしまうと見ました。じわじわじりじり攻め込ませて頂きます」

良く晴れた空のもと、練兵場では、模擬戦闘が開始されようとしていました。

魔術兵たちが十人ずつ分かれて、旗を取り合う模擬戦闘だそうです。

長い帽子を被り、銃を捧《ささ》げ持《も》った兵士が朗々と宣言します。

「ただいまより模擬戦闘を実施致します！　補助魔術課対剣術課、展開はじめ！」

剣術課の方の指揮を取っているのはダンケルク様です。後方で、指揮官の証《あかし》である徽章をつけていらっしゃいます。

指揮官でありますから、当然と言えば当然なのですが、ダンケルク様のお姿はなんだか目立ちます。

（他の方と同じ軍服を着ていらっしゃるのに、どこか佇まいが違うんですよね。お背が

高くていらっしゃるからでしょうか。どこかお父様と似ていらっしゃいますから、お血筋ゆえでしょうか）

模擬戦闘は、さながら大掛かりなチェスのようでした。

前衛たちが相手の侵攻を食い止め、その後ろから遠距離魔術を使う兵士たちが、防御の隙間を縫って攻撃しています。

聖女様が、わあっと声を上げました。

「模擬戦闘って、こんなに迫力があるんですね！　皆さん、怪我とかしないのかな」

「ダンケルク様が仰るには、一応専門の防具を着けているから大丈夫、ということですが……」

しかし魔術の威力には手は加えられていないようですから、当たれば痛いでしょう。

補助魔術課の投石攻撃が、剣術課の前衛兵士の頭にボグッ！　と直撃しました。

私と聖女様は同時に顔をしかめます。音がここまで聞こえてくるくらいですから、相当痛いでしょう……！

「あわわ、だ、大丈夫ですかね……？」

「わ、分かりません」

その兵士は倒れたまま呻き声を上げています。頭からじわりと血が滲んでいるのがここからでも見て取れ、周りの人がざわつきかけた、その時でした。

人がいます。

「ちょっと失礼」

模擬とはいえ、戦闘訓練の真《ま》っ只中《ただなか》に、緊張感ゼロでえっちらおっちら向かっていく人がいます。

若旦那です。軍服の代わりに大きな白衣をまとい、止血帯やらガーゼやらが入った桶《おけ》を抱えています。

丸い体のわりには器用に練兵場に潜り込んだ若旦那は、倒れた兵士の横に赤い旗を立てると、治療を開始しました。

思わず身を乗り出して見つめてしまいます。

「大丈夫、血がたくさん出てるけど、傷は深くなさそうだね」

若旦那の丸っこい指が、ちまちまと献身的に動き、負傷した兵士の頭に素早く止血帯を巻いていきます。

そうして若旦那が何か呪文を詠唱すると、止血帯がぼうっと緑色に輝き始めました。

若旦那が生来お持ちの優しさと、積み重ねられた経験による手際の良さが共存している、若旦那の〈治癒〉魔術。

私の大好きな魔術です。

「あの方、グラットンさんですよね？　凄いです、あっという間に治しちゃった！」

「セラ様も〈治癒〉魔術はお得意でしょう？」

「一応『大聖女』の生まれ変わりですからね。でも経験はグラットンさんの足元にも及びません」

　セラ様がきらきら輝く瞳で覗き込んできます。

　好奇心たっぷりのその目は、どこか猫にも似ていました。

「リリスさんは、グラットンさんのお家でメイドさんをやられていたんですよね。グラットンさんって、どんなお方なんですか？」

「若旦那は——ちょっと抜けていらっしゃるところもありますが、優しくて研究熱心なお方です」

　本当は、少しだけ迷いました。若旦那のことを正直に描写すべきかどうか。

　だって、セラ様も若旦那に興味がおありになる。そして若旦那は多分、セラ様に一目惚れしている。

　私の脳裏を、三文小説の筋書きが過ぎります。

（ここで、若旦那の悪い印象を植え付ければ、セラ様は若旦那と距離を置くようになるでしょうか）

　そう考える自分に苦笑してしまいます。

（セラ様も若旦那も良い方々ですもの、お互いを気に入るのは時間の問題でしょう。それに——若旦那を悪く言うことなんて、私にはできませんから）

私は続けます。

「若旦那は凄いんです。寝食を忘れて〈治癒〉魔術の研究に没頭されて、つい半年前に、地域の伝染病だったパルメット病を根絶してしまわれたのです」

「まあ、あの皮膚病を!? すごい方なんですね！」

「自慢の主です。……もっとも、研究に打ち込みすぎて、箒に乗って出かけようとなさったりもしますが」

「あはは。面白い人ですね。それにそういうおっちょこちょいなとこ、ちょっとわたしに似てるかも」

「おっちょこちょいかどうかはともかく、セラ様と若旦那は似ていると思います。こう、小動物っぽい感じが」

セラ様は楽しそうに笑い、練兵場の方に視線をやります。

と、若旦那もこちらを見ていることに気づきました。セラ様が無邪気に手を振ると、若旦那は目に見えて狼狽えてしまいました。

（ああ、お顔が真っ赤。……ちょっとだけ、羨ましい）

だって私は、あんなお顔を向けられたことがないのですから。

「わっ、ねえねえリリスさん！ 今まで気づかなかったですけど、模擬戦闘、もう終わっちゃいそうですよ！」

「えっ？　でも、模擬戦闘は通常一時間以上はかかるはずでは」

そんなことを言っている間に、敵陣に切り込んでいった剣術課の兵士が、敵の指揮官の徽章を奪い取り、高々と掲げました。

長い帽子を被った兵士が、朗々と宣言します。

「勝者、剣術課！」

わっと歓声が上がります。私たちも慌てて拍手をしました。

「しかも徽章を奪い取ったのって、ダンケルクさんじゃないですか？　すごーい！」

「し、指揮官が自ら敵陣に切りこんで行かれるとは……」

派手好みのダンケルク様らしい行動です。

そう思っていると、徽章を手にしたダンケルク様が、バルコニーの下に近づいてきました。

「リリス。リリス・フィラデルフィア」

「はいっ」

何かご用でしょうか。ああ、メイドが主の頭上からご用件を伺うなどいけません、下に降りなければ。

そう思って立ち上がった私に、ダンケルク様は剣を捧げる仕草をなさいました。

抜き払ったサーベルの刀身が、光を受けてぎらりと光ります。

額に汗をにじませたダンケルク様は、不敵な笑みを浮かべました。

「この勝利をお前に捧げよう」

そうして刀身にそっと唇を寄せます。

まるで、愛する女性に勝利を捧げる騎士のように――。

きゃあっと声を上げられたのは、セラ様でした。

「すごいすごい、かっこいいですねえ！」

「はあ……」

一応婚約者役なので、体裁を整える必要があるのでしょう。ダンケルク様の部下の方々が、好奇の目でこちらを見てくるのが、大変いたたまれないです。

私はお手洗いに行くふりをして、そっとバルコニーを離れました。

バルコニーを降り、お手洗いでさっと髪形を整えます。あんなに注目を浴びるとは思ってもみなかったので、あんまりきちんと化粧をしてきませんでした。

薄く紅を差してみます。多少はましになったでしょうか。ダンケルク様の評判を落としていないと良いのですが。

そう思いながらお手洗いを出て、バルコニーに戻ろうとすると――。

「きゃっ」

誰かに手を引かれ、部屋の中に連れ込まれました。

一瞬身がすくみましたが、嗅ぎなれたコロンの匂いに、警戒心を解きます。

「……もう、ダンケルク様。悪ふざけはお止めになって下さい」

ダンケルク様が楽しそうに笑う声が上から降ってきます。いつものコロンに、微かに汗の匂いが混じっていて、何だか落ち着きません。

「すまん。せっかくの勝利なのに、お前があんまり嬉しそうじゃなかったものでな」

「嬉しさよりも気恥ずかしさの方が大きいです」

「まあ、お前は慎《つつ》ましい女だからな」

「あのですね、この際ですから申し上げておきますが、私は一応、ダンケルク様の婚約者らしき役、という大役を仰せつかっているのです。それがどれだけ緊張するか、ご想像もつかないでしょうけれど」

ダンケルク様は軍服の上着を脱ぎ、シャツのボタンを三つ開けた楽な格好でした。それでいて、ずっと私の手を握って離さないので、目のやり場に少し困ります。

「そのことなんだが」

「はい？」

「……お前、本当の婚約者になる気はないか」

「ご冗談を。メイド風情には過ぎたお役目でございます」

「伊達《だて》や酔狂で言っているわけではない。本気だ。……ああ、こうすれば分かってもらえるか？」

額に乾いた唇の感触。それから頰に、再び唇を押し当てられました。

（い、今、おでこと頰に……キスされたのでしょうか？）

――ダンケルク様のお顔が目の前にあります。ぎらぎら光る緑の目、獣じみて鋭く、今にも食べられてしまいそうな眼差し。

「ダンケルク様……っ」

逃れようと顔を背けても、腰に回った手がそれを許してくれません。押し付けられる体温の高さに眩暈がしそうです。

ダンケルク様は熱っぽい目でこう仰いました。

「お前が好きだ、リリス」

「なッ……にを、仰って」

「俺としたことが、婚約者『役』などと生ぬるいことを言った。本当の婚約者になってくれないか」

「なぜ、なぜです」

あまりにも急な展開に頭が追いつきません。

「か、からかっていらっしゃるんですか」

「そんなわけないだろう。好きでもない女にドレスを買い与えたり、婚約者のふりをしたりなんかさせない。親にも紹介しない」
ダンケルク様の声は熱を帯びています。先ほどの模擬戦闘で昂《たか》ぶった──と言うには
あまりにも、悲壮感が滲んでいます。
柳眉を切なげにひそめたダンケルク様のお顔を見れば、からかう気などないことくら
い分かります。
「でも、私は」
言いかけた言葉をすんでのところで呑み込みます。
私の片恋は、誰にも吐き出してはならないものだから。
けれどダンケルク様は、私の努力を簡単に無に帰してしまいました。
「ウィルのことが好き──だろ」
「ッ、なぜ、どうして」
「見てりゃ分かる。簡単なことだ。先ほどの練兵場で、お前は太っちょの医務官にばか
り目を取られていた。俺などではなく」
見られているものですね。私は思わずため息をこぼしました。
「──どうして、黙っていて下さらないんですか。伝えるつもりのない気持ちを暴いて
楽しいですか」
「楽しいわけがあるか。俺の惚《ほ》れた女が別の男に惚れているという事実は耐《た》え難《がた》い。耐

え難いが――しかしどうすることもできまい」

今のは現状確認だ、とダンケルク様は仰いました。

そう言いながらも、まるで獲物の様子を窺《うかが》う肉食獣のように、こちらをじっと見つめていらっしゃいます。

「ウィルの催眠は解けた。あいつの家は今メイドの一人もいない状態で、今すぐにでもお前に戻って欲しがっている」

「……」

「だが俺もこのままお前を帰したくはない。お前を手放すのは嫌だ。耐えられない」

「そ、その言い方はずるいです。子どもじゃないんですから、聞き分けのないことを仰らないで下さい」

思わず抗議するのですが、ダンケルク様は素知らぬ顔でこう仰るばかり。

「それも作戦の内だ。なあリリス、こういうのは形振《なりふ》り構わない者が勝つんだ。俺はお前を手に入れるためなら、道化にも子どもにもなってやる」

「どうしてそこまでなさるのです。ダンケルク様ならば、お家柄の良い、美しい女性をいくらでも口説けるのに」

「なんだ、覚えていないのか？　俺は言っただろう、お前の好きなところ」

覚えていますが、それを自分の口から言うのは嫌でした。

（だって何だか、自意識過剰じゃありませんか？　あんな——演技のために仕方なく口にされた言葉を、覚えているなんて）

それを見て取ったダンケルク様は、熱っぽい口調で、説き伏せるように仰いました。

「あれは嘘じゃない、本心だ。俺はお前の辛抱強いところと、俺に厳しいところと——辛いことがあっても人前で泣かないところが好きなんだ」

「……最後に仰ったことは、意味が分かりませんが」

「ああ。俺はお前が隠れて一人で泣いているところを見たことがあるからな」

「いつです⁉」

叫んでから、しまった、と思いました。ここは否定すべきでしたのに。

案の定ダンケルク様は、口の端を微かに吊り上げて、笑みを浮かべました。

本気になったダンケルク様のお顔は、正直に申し上げて少し怖いですが、その代わりとびきり美しく見えます。

「——ウィルの両親が、戦場で消息不明になった、と速達があっただろう。二年前の寒い日のことだ」

「……」

「あの日俺はウィルに会いに行っていた。目的は、あいつの家にある稀覯本を読むためだ。いくつか確かめたいことがあると言えば、ウィルは——両親の知らせを受け取ったばかりなのに、俺を図書室へ通してくれた」

「……なるほど」

読めてきました。なぜって、図書室は私の〝避難場所〟だったからです。

グラットン家の図書室は、そこそこの大きさがあります。

本棚が軽く三十は並び、書見台や大きな作業机も置いてある、恐らくお屋敷のなかで一番広い部屋です。

だから、先客がいたとしても気づけないのですが、あの場所に入り浸るのは若旦那くらいのものでしたので、大体誰もいないのです。

そう思って、高を括《くく》っていました
「俺が本を閲覧していると、足音を殺したお前が入ってきて、紙みたいに白い顔のまま、奥の方の書見台の前に行った。俺は本棚の隙間からお前の後姿を覗ける位置にいたが、お前はそれに気づいていないようだった」

「……あの時はとにかく、廊下で涙をこぼさないようにと必死でしたから」

「そうなんだろうな。俺の角度から、お前の顔は見えなかったが――。肩が震えているからきっと、泣いているんだと思った」

ダンケルク様は静かに続けます。

「声も漏らさずに、ただ肩だけ震わせて――。あんまり静かに泣くから、俺がいることを気づかれてるんじゃないかと思ったくらいだ。一人なんだから、もっと派手に泣けばいいのに、と思いながら、なぜかお前から目が離せなかった」

「……癖なんです、たぶん」

「だろうな。ともかくお前は少しの間泣き続けて、それから唐突に顔を上げた。顔を乱暴にこすって、それから何事もなかったかのように図書室を出て行った」

泣いていたところを細かく描写され、いたたまれなさと気恥ずかしさが込み上げてきます。泣き顔を見られなかったのがせめてもの救いでしょうか？

ダンケルク様は私の顔を覗き込んで仰いました。

「その後図書室を出て、ウィルに挨拶に行ったら、お前はすました顔で立っているじゃないか。驚いたよ」

「切り替えの早い、冷淡な女だとお思いになったでしょう」

「ばか、違うよ。このメイドは、人前では歯を食いしばって、平気な顔をして――それで一人になったら、あんなふうに静かに、声もあげずに泣くんだな、と思ったんだ」

多分、そこで好きになった。

囁くように仰ったダンケルク様は、ふいと体を離しました。熱いくらいの体温が遠ざかるのを、少しだけ寂しく思ってしまいます。

（この人は、私が考えるよりもずっと繊細で、気配りのできるお方なのかもしれませ

ん）

　ダンケルク様は雰囲気を切り替えるように、おどけた様子で仰いました。

「もちろんそれだけじゃないがな。酔っぱらったお前も大変に可愛らしかった」

「だっ、そ、それは！　お忘れ下さい！」

「いやだね。にこにこ笑いながら鹿の血まみれの解体場所に踏み込んでいって〈秩序〉魔術を使った時なんかもう、本当に愛らしかった」

「もうやめて下さいぃ……」

　顔が真っ赤になっているのを自覚しながら言えば、ダンケルク様は喉の奥でくっくっと笑いました。

　そのお顔がいやに優しいので、まっすぐに見ることができません。

　それに気づいているのかいないのか、ダンケルク様は大げさに両手を広げました。

「俺が告げた愛に、お前が応えてくれると良いのだが、そう簡単にはいかないだろう。何しろお前の心はまだウィルにある」

　ずばりと言われて口ごもってしまいます。嘘をつくのも不誠実ですが、本当のことを正直に口にするのも、何だか野暮な感じがしますし。

「それに、俺はお前の弱みに付け込んで、俺の家に引き込んだ。婚約者まがいのこともさせた。俺の告白への返事を急《せ》かすより、借りを返す方が先だろう」

「借り……？」

ダンケルク様はにんまりと不敵な笑みを浮かべました。

「お前も嬉しい、俺も嬉しい、そしてウィルも嬉しい、三方よしの名案を思い付いたんだ」

＊

若旦那は、荷物をたくさん持って、モナード家の門を潜りました。

屋敷に足を踏み入れると、滝のような汗を拭いながら、わあと声を上げられます。

「ずいぶんぴかぴかだ！　君の家ってこんなに綺麗になることがあるんだね？」

「お前が来るから徹底的に掃除したんだ。まあ掃除したのは俺じゃなくて、リリスなんだがな」

若旦那は荷物を置くと、私の方に向き直りました。

「君とまた会えて嬉しいよ、リリス。僕の催眠が解かれてから、ちゃんと話す機会もなかったし」

「いえ。若旦那が元通りになられて良かったです」

「うん。まったく僕としたことが、騙されて結婚したあげく、君を追い出すなんて！

本当に申し訳ないことをした。済まなかったね」

食べ過ぎを叱られた子犬のようにしょぼんとする若旦那に、きゅうんと母性がくすぐられます。

（懐かしいです、この感じ……！　若旦那と話している実感が持てます）

「君がダンの家で働いていると聞いた時、君が路頭に迷わなくて良かったって思ったよ。ダンには感謝しなくちゃね」

「当然だ。リリスを他の奴らになどくれてやるものかよ」

「あはは、ほんとに、良かったよ。それに君はいまや唯一の〈秩序〉魔術の使い手なんだろう？」

「そのようですね。実感はまだありませんが」

「いつも家を綺麗にしてくれていたけど、あれが〈秩序〉魔術だなんてちっとも思わなかったよ。君はやっぱり凄いな！」

にこにこと微笑みながら、惜しげもなく褒めてくる若旦那。相変わらずです。

頂いた言葉をじんと噛み締めていると、若旦那は小首を傾《かし》げて、

「それに、ダンから聞いたよ。婚約者役をやってるんだって？　まったくダンはいつも突拍子もないお願いをするねえ」

「あ……き、聞かれたのですね。その、これは、成り行き上仕方がなく……」

「分かってる分かってる。聖女様は二人が本当の婚約者同士だと思い込んでるから、口裏を合わせろとも言われたよ」

　思わずダンケルク様の方を見れば、知らぬ顔で肩をすくめていらっしゃいます。手回しの良いこと。

「メイドで〈秩序〉魔術の使い手で、おまけに婚約者役も務めるなんて！　さすがリリスだね」

「それでさすがと言われても、素直に喜べませんが……」

「そうだねえ。でも、どれも君にしかできない仕事だ。何か困ったことがあったら言うんだよ。力になるからね」

　お優しい若旦那。穏やかな微笑みがじんわりと胸に染み込んできます。

　と、ダンケルク様が横から、意地悪そうなお声で入ってきました。

「そんなことより、お前を家に居候させてやることについての感謝をまだ聞いていないが？」

「ダンケルク様！」

　感謝をねだるなんてはしたないです。けれど若旦那はけらけらと快活に笑って、大げさにひれ伏すふりをなさいました。

「そうだった！　モナード将軍、この度は私めのような太っちょ魔術師の居候を許可して下さり、恐悦至極に存じます」

「うむ、苦しゅうない。三食昼寝にリリスつき、お前の家のような立派な図書室はないが、その辺の本は自由に読んで構わんぞ」

「ははっ、ありがたき幸せ」

（……ま、まあ、お二人が楽しいならそれでいいのですが）

そう、ダンケルク様がおっしゃった「三方よし」の名案とは。

若旦那をモナード家にお呼びすることでした。

（私はあと半年はモナード家のメイドですし、そうするとグラットン家にメイドは一人もいなくなってしまうのですよね。新しく雇うなり、私が通うなりすれば良いと申し上げたのですが）

しかしダンケルク様は聞く耳を持ちませんでした。

（『お前のことだから、半年はモナード家のメイドになれという約束を律儀に守りとおすつもりだろうが、ウィルのことも心配だろう。それにチャンスは平等でないとな』なんて仰っていましたが）

果たしてどこまで本気でいらっしゃるのか。

ですが、気は楽です。ダンケルク様のお世話をしながら、若旦那はどうしていらっしゃるか悩まずに済むのですから。

（でも、ちょっと待ってください。私が好きな若旦那と、私のことが好きなダンケルク様と、私が、一つ屋根の下で暮らすというのは——だいぶ、気まずくならないでしょうか？）

手垢《てあか》にまみれた表現ですが、要するにこれは三角関係というやつなのですから。

その事実に気づいて考え込む私の肩を、ダンケルク様が親しげに抱き寄せます。

そして若旦那に聞こえないような声で囁かれました。

「そういうわけで、第二ラウンド開始だ。俺は本気でお前を婚約者に迎えるつもりだからな」

「……意地の悪いことはなさらないで下さいね」

「善処しよう。期待はするな。——俺は絶対にお前にイエスと言わせてみせるぞ」

ダンケルク様の、軍人らしい強引な物言い。

（それが不思議と、そこまで嫌ではないと申し上げるのは……もう少し後にしましょうか）

唯一無二の〈秩序〉魔術

「〝三度唱えるは我が名、二度唱えるは主の御名《みな》、そして一度唱えるは魔《ま》が名《な》――静謐《せいひつ》よここに、そして全てを〈秩序〉へ帰せ〟」

私の詠唱と共に、練兵場に赤い魔術陣が広がってゆきます。

魔術師の方々はそれを興味深そうに観察しながら、意見を交わし合っています。

「杖《つえ》や呪文書といった媒体もなしに、詠唱のみであれだけの魔術陣を展開してみせるとは！」

「しかも詠唱の短さとは裏腹に、魔術陣の密度は恐ろしく高いぞ」

「ああ。この魔術陣一つに込められた情報量を読み解くのに、俺たちが全員で取り組んでも一週間はかかる」

魔術省にお勤めになるような、魔術のプロフェッショナルたちが、私の魔術陣をしげしげと眺めている――というのは、どうにも気恥ずかしいものですね。

私は〈秩序〉魔術を、他の魔術師の皆さんにお伝えするべく、先週からこうやってデモンストレーションを行ってきました。

ミス・キャンベルの帯びた力は、明らかに『黒煙の龍』に連なるもの。

ということは、百五十年前に逃げたはずの龍が復活し、この国のどこかに潜伏している可能性があるのです。

龍そのものに魔術は有効です。ですが龍が発する黒《ノア》は、通常の魔術を一切受け付けません。

（確かにあの黒い靄は、ダンケルク様の攻撃も防いでしまいましたもんね……）

悪さをするのはこの黒《ノア》です。生気を奪い、魔力を奪い、力を奪う。

だから目下のところ対処すべきは、この黒《ノア》であり、そのためには〈秩序〉魔術が必要だと、そういうことのようです。

ですが〈秩序〉魔術を使えているのは、今のところ私一人なのだとか。

しかもこうして他の人にお教えしようにも、当の本人が魔術の『要素』の理論を完璧に理解していないため、ろくに伝授できないといった始末です。

私の魔術陣を眺めて首を傾げる魔術師の方々を見て、申し訳ない気持ちがこみ上げてきます。

「申し訳ございません……。私が一からご説明できればよかったのですが」

私の言葉に首を振るのは、魔術陣を眺めては何か鬼気迫る様子でメモを取っていた、イリヤさんです。

「改めて魔術陣をよく見ると分かるが、これは言葉で説明できるものじゃないのかもしれない。何しろ百五十年前の記録には〈治癒〉魔術の体系は記されていても、〈秩序〉魔術の方は全く書かれていなかったのだから」

「そうなんですか？」

「〈治癒〉魔術が体系化されて伝わっているのは、君の元勤務先だったグラットン家が、優秀な〈治癒〉魔術を開発していることからも分かるだろう？」

「はい。若旦那の〈治癒〉魔術は、大聖女様の〈治癒〉魔術と根本を同じくするものだと聞いています」

「だが、〈秩序〉魔術の方は、系統魔術が一切ない。それに連なる魔術が何であるかも分かっていない」

つまり〈秩序〉魔術は、魔術の中でも唯一無二の魔術であるらしいのです。

さすがにイリヤさんやダンケルク様がひと目見て〈秩序〉魔術と分かるくらいですから、最低限の知識や理論は伝わっていたようなのですが、それでも残っている文献は驚くほど少ないのだとか。

「その魔術を生み出した『大魔女』は寡黙だったようでな。自分の魔術を積極的に他人に伝えようとしなかったらしい」

「……というよりは、この魔術は使い方を誤ると、まずいからではないでしょうか？」

「おっ。さすが使い手だけのことはあるね」

イリヤさんはにやりと笑います。賢いこの方は〈秩序〉魔術の持つ危うさに気づいていたようです。

「〈秩序〉魔術の手順は、解体・再構築・固定。再生のみを行う〈治癒〉魔術とは手順の複雑さが異なる」

「そうですね。イメージとしては、まずそこにあるモノ、要素を選り分けます。選り分けたそれらを、正しい位置に配置して、最後にそれを固定する感じでしょうか」

書架の整理に例えても良いかもしれません。

雑多に並べられた書物を一度取り出し、作者別に分類して、アルファベット順に配置。そして書架の扉を閉める。

イリヤさんは頷くと、にやりと笑みを浮かべました。

「本に例えればそうなるだろう。ではこれを、人の体で例えたらどうなる？」

「……ちょっとグロテスクなことになりますね」

「だろう？　解体など穏やかではない。リリスであれば人体に〈秩序〉魔術を使うことはできるだろうが、不慣れな人間が手を出せばあっという間にスプラッタだ。そりゃあ広く伝わらないわけだよ」

私たちの会話を聞いていた魔術師の方々は複雑な表情を浮かべました。

「しかもミス・フィラデルフィアのご説明は、手順をかなり単純化したものでしょう。

それらの内容がこの魔術陣のどこに対応しているのか、私たちでは解読するのが難しそうです」

「えっと、一つ一つの文様の説明をすれば分かるでしょうか……？」

「問題はその文様の組み合わせ方にあるのですよ、ミス・フィラデルフィア。あなたは無意識のうちにとんでもなく難易度の高い文様を展開されている」

「も、申し訳ございません」

イリヤさんはけらけらと快活に笑いました。

「何を謝ることがある！　君は出色の魔術師だ」

「で、でも、この魔術以外にほとんど何もできません。空を飛ぶのだって怪しいくらいです」

「それは多分、やろうとしなかっただけだと思うよ。この〈秩序〉魔術を使いこなせる力量があるのだから」

「買いかぶりすぎです……」

私の魔術はひとえに若旦那を楽にさせるためのもの。あの人のためだけに磨かれた腕なのです。

独善的な理由で高められた技術を、誇る気持ちにはなれません。

俯《うつむ》いた私の背中を、イリヤさんがばんっ！　と強く叩きます。

「胸を張れ！　どのような理由であれ、どのような経緯であれ、君が持つ力は余人をもって代えがたい、素晴らしいものだ！」

「イリヤさん……」

「それを悪用するならばいざ知らず、君はその技術を正しい方向に使おうとしている。正しくあろうとしている。ならば俯く必要はどこにもない！」

お腹《なか》の底から響くような、力強い言葉。

イリヤさんの大きな瞳は、その言葉に偽りのないことを如実に物語っていました。強く背中を押してもらえたような気分になります。

「それに、案ずることはない。我々もただ君の背中を見つめるばかりではないさ」

「と、言いますと」

「君の魔術文様からヒントを得て、こういう簡単な〈秩序〉魔術を展開する魔術具を作っている」

そう言ってイリヤさんが懐から取り出したのは、文様の描かれた数枚の羊皮紙でした。

確かに、その文様には〈秩序〉魔術の効力の片鱗《へんりん》が宿っているように見えます。

「これがあれば〈秩序〉魔術の使い手でなくても、簡単な〈秩序〉魔術が使える――はずだったんだが、どうにも上手く稼働しなくてねえ」

「……あの、僭越ながら、もしかしたらここを直した方が良いのかもしれません」

「なるほど？」

「あとは、ここと、ここの線を変えて……」

そうして私たちは、日が暮れるまでずっと、一枚の羊皮紙を覗き込んでいました。

魔術省から帰宅すると、薄暗い居間には若旦那がいらっしゃいました。

床に寝っ転がって、壁に足を上げながら熱心に何か書きつけていらっしゃいます。いつものことです。

私はカーテンを引いて、部屋の蠟燭《ろうそく》に火をつけました。

私が帰ってくるのと同じタイミングで、ダンケルク様もお戻りになりました。

旅装のダンケルク様は、若旦那のお姿をご覧になるなり、盛大に噴き出しました。

「トドがいるのかと思ったぞ、ウィル」

「ああーごめん、今、いいとこで……。あともうちょっとで、破傷風《はしょうふう》に対する有効な術式が……深められ……」

仰向けに寝転がったまま、本を下敷き代わりに、物凄い勢いで何かを書き連ねてゆく若旦那。傍らには夥《おびただ》しい量の紙が散乱しています。

それを顔色一つ変えずに眺めている私をご覧になり、ダンケルク様は呆《あき》れたような顔になりました。

「日常茶飯事か、これ」

「はい。若旦那の研究が順調なときは大体こうなります」

ダンケルク様のコートを脱がせると、すすけた煙の臭いがしました。

よく見れば、あちこちに魔術攻撃を受けた跡があるではないですか！

「だ、ダンケルク様、お怪我はありませんか？」

「無傷だ」

「遠出されるとはおっしゃっていましたが……どちらへ行かれていたんですか？」

「キャンベル家の保有地。最高の〝もてなし〟を受けたよ」

皮肉っぽく笑ったダンケルク様は、お疲れの様子でソファに身を投げました。

ずっしりと沈み込む体躯《たいく》が、この方の疲労を物語っています。

しんどそうにブーツを脱いだダンケルク様は、荒々しく髪をほどきました。

「この街――イスマールにもうキャンベル家の人間はいない。屋敷ももぬけの空だ」

「正体がばれた以上、長居する理由もありませんものね」

「ああ。様々な名家に嫁いだキャンベル家の娘たちも、全て姿を消したそうだ。まるで煙のようにな」

若旦那のように催眠にかけられた方は、そのまま取り残されたということでしょうか。

それはなかなか罪深いことのように思います。

「聞き取り調査はさせているが、捗々《はかばか》しくないな。皆記憶を抜き取られたように、キャンベル家の娘たちのことを覚えていないんだ」

「何も痕跡を残さず、この街から逃げるなんて……。他に何か手掛かりはないのでしょうか」

「ミラ・イラビリス内で、あいつらの保有地がある場所に調査に入ったが、全て空振りに終わった」

空っぽのお屋敷には罠《わな》が仕掛けてあって、ダンケルク様たちはいちいちそれに対処しなければならず、大変だったそうです。

「途中でイリヤが罠にハマっちまって」

「イリヤさんが？　だ、大丈夫でしたか？」

「ああいや、そっちのはまるじゃなくて、のめりこむの方な」

仕掛けられた複雑な罠に興奮したイリヤさんが、全ての罠を解除するまでこの屋敷から出ないぞ！　と宣言するなどして、別の意味で騒ぎになったそうです。

イリヤさんらしい、とだけ申し上げておきましょう。

「だが苦労のかいあって、興味深いものを見つけた。郊外の屋敷の厩《うまや》にあった鱗《うろこ》だ」

そう言ってダンケルク様は、懐から布に包まれた三枚の鱗を取り出して、見せて下さいました。

微かに煤《すす》の臭いがするそれは、少しだけ黒《ノア》の気配がします。

「これは……やはり『黒煙の龍』が復活したのでしょうか」

「まだ分からん。この鱗の大きさから推定される生物の大きさは、全長十三メートル、高さ五メートル。文献にあった『黒煙の龍』よりはいくらか小さいようだ」

「ですが、この個体がまだ大人ではないという可能性もありますよね」

「そう、イリヤもそれを危惧していた。問題はそれがいつ成体になり、いつ俺たちに牙を剝《む》くのか、ということだ」

「……これ、ちょっとだけ血がついていますね」

「なに？」

よく見ると黒ずんだ液体がこびりついています。指先で引っかいてみると、黒の粒子《ノア》がふわりと舞い上がったので、人間の血ではないようです。

「『黒煙の龍』の血ですね。私は見たことがありませんが『大魔女』の記憶にあります」

「血のついた鱗……ということは、龍は負傷しているのか？」

「可能性はありますね」

「そうだな。あとでイリヤに伝えておこう」

ダンケルク様はソファの上に寝転びました。まるで大きな肉食獣のよう。

「今はキャンベル家の製品から、関係者を辿っているが……。さて、連中が俺たちに尻尾を摑ませるかどうか、だな」

「そもそも、どうして彼らは若旦那たちに催眠をかけて、魔術を盗もうとしたのでしょう？」

「世界を食らうため、と言っていたが、何らかの比喩だろうが、どうせこの国を滅ぼそうとしてるに決まっている」

相当お疲れ様なのでしょう。ダンケルク様の瞼《まぶた》がとろとろと下がっていきます。

（世界を食らう。確かにダンケルク様の仰る通り、国を滅ぼそうとしていると考えるのが自然でしょう。ですが、なぜ今なのか。なぜミス・キャンベルたちが『黒煙の龍』と関わりがあるのか）

私の問いはぼんやり宙に浮かびます。答える声はありません。

（私もせめて『大魔女』の生まれ変わりだったら、完璧に記憶を残すことができていたかもしれないのに。そうすれば今色々とこうして悩まなくても済んだでしょうに）

そう考えたところでひらめきました。

（『大聖女』様の正式な生まれ変わりであるセラ様に、百五十年前のことをお伺いしてみましょう。そうすれば『黒煙の龍』が何を目的としているのか、分かるかもしれません）

長い夜

「ふむふむ。『大聖女』時代の話が聞きたいと、そういうことなら、いくらでもお話しさせて頂きます！」

セラ様は私のお願いを快諾して下さいました。

そうして何と、セラ様にモナード家までいらして頂くことになったのです。

（本当は、ちょっとだけ、嫌ですが……。若旦那とセラ様が一緒にいらっしゃるところを見て、平常心を保てる自信がありません）

同じ〈治癒〉魔術の使い手であることから、セラ様と若旦那はたまに長くお話しされていることがありました。

それは大体魔術省での出来事で、お見掛け次第、さっとその場を逃げ出すのが常だったのですが――。

「セラに貸している本があるんだ。それにこれから貸す予定の本もあるから、ここに来てもらってもいいかな？」

と、若旦那に言われてしまえば、はいと申し上げるほかありません。

ダンケルク様が意味ありげに私を見てきたのは、無視しましょう。

私たちはみんな魔術省に通勤する身ですので、それぞれ仕事を終えたら、魔術省の入り口で待ち合わせをすることに致しました。

さて、セラ様がお見えになるのなら、それなりのご用意をしなければなりません。

私はキッチンメイドではありませんが、グラットン家の食卓を切り盛りしてきた自負がございます。

――と思っていたのですが。

「申し訳ございません、思ったより魔術省でのお仕事が長引いてしまいまして！　暗くなってしまいましたね」

「あはは、構わないよ。ダンも遅くなるらしいし、ゆっくり帰ろう」

「そうですよ、全然気になさらないで下さい、リリスさん」

私の〈秩序〉魔術に汎用性を持たせるため、色々と実験をしていたら、すっかり遅くなってしまいました。

本当ならもっと早くモナード邸に戻って、色々と準備をするはずだったのですが。

お詫《わ》び申し上げる私に、若旦那もセラ様もにこにこと優しい笑みを返して下さいます。

そればかりでなく、忙しすぎやしないか、と私の身を案じて下さるほどでした。

セラ様の側にはいつも通り、護衛の騎士が二名ついていらっしゃいましたが、セラ様がこれからモナード邸に行くからと言って帰らせていました。

「『大聖女』の生まれ変わりが貴重だってことは理解しているんですけど、いつもあんな風に側にいられると、息が詰まってしまって。ダンケルクさんは有名な軍人の方ですし、そのお屋敷にいれば安全ですよね！」

それから三十分遅れでやって来たダンケルク様と、四人で馬車に乗って帰ります。

折悪《おりあ》しく、物凄い雨が降り注いで来ました。

「どしゃ降りですね。セラ様のお迎えは大丈夫でしょうか」

「この雨だ、土砂崩れが起きるとも限らん。泊まって行けばいい。客間はまだ空いているだろう」

「わあっ、良いんですか？　それじゃあ、お言葉に甘えさせて頂こうかな」

セラ様をお泊めするとあれば、準備が必要です。

（寝巻は私の物をお貸しするとして……着替えは、以前ダンケルク様にあつらえて頂いたドレスなら、問題なくお召しになって頂けるでしょう）

馬車がモナード邸に着きました。ダンケルク様が屋敷内に明かりを灯します。

雨だけではなく、風も相当強いようです。建付けの悪い台所の窓が全開になっていて、床がびしょ濡《ぬ》れになっていました。

〈秩序〉魔術で手早く掃除を済ませ、さて何を作ろうかと思案しておりますと。

セラ様がひょっこりと顔をお出しになりました。

「リリスさーん。何かお手伝いします！」

「いえ、セラ様のお手を煩わせるわけには」

「と、仰るだろうとダンケルクさんが言っていましたので。全員で来ちゃいました」

えへへ、と笑うセラ様は、後ろに若旦那とダンケルク様を引き連れていました。

思わず笑みがこみ上げてしまいます。どう見ても台所の似合わない方たちなのに。

台所仕事を手伝わせるなど、メイドとしてはあるまじきことですが、三対一では劣勢もいいところ。

私は腹を括り、四人で夕飯を作ることに致しました。

献立は、ベリー仕立てのソースを添えた鴨肉《かもにく》のソテー、カリフラワーとジャガイモのミルクスープ、黒パンにチーズを添えて。

ダンケルク様がソテーした鴨肉は絶品でした。さすがあのご両親のご子息でいらっしゃいます。

ちなみに若旦那に包丁を持たせたら、あらぬ場所へ飛んで行ったので、お皿を出す係をお任せしました。

食卓を囲むあいだ、セラ様はいたく楽しそうにしていらっしゃいました。

「修道院にいた頃を思い出します！　こうやって皆で作ったご飯を食べるのって、いいですよね」

「おや？　魔術省でも夜ごと盛大な晩餐会が開かれているんじゃないかい？」

「そうなんですけど――……あれってご飯がちょっとずつ出てくるし、フォークの扱いまで色んな人から見られちゃうし、肩が凝っちゃうんですよね。もちろん、全てありがたく頂戴しているんですけど！」

「分かります。イリヤさんのお家にお呼ばれしたとき、私も同じような気持ちになりました」

「リリスさんも!?　そう、そうなんですよね、イリヤさんのお家ってすっごく名家で大きいから、召使の人もたくさんいて、緊張しますよね！」

貴族の家では、一品ずつ出す大陸式の晩餐が常識だそうです。

それは一皿ずつ給仕《サーブ》してくれる召使がいるからこそ成り立つ方式で、グラットン家やモナード家ではついぞ行われたことのない晩餐でした。

何といってもメイドは私一人きりでしたし、家の方々も、そういった形式にこだわらないようでしたから。

（それに最近では『一人で飯を食うのは味気ない』とダンケルク様に言われて、メイドでありながら一緒に食卓を囲ませて頂いておりますし……。何だか、価値観がおかしくなりそうですね）

けれどセラ様にとっては、こちらの夕食の方が馴染《なじ》みやすいのでしょう。

嬉しそうなお喋りが、こちらの気分も弾ませて下さいます。

（セラ様と一緒にいると、何だか自分まで、明るくて気さくで素敵な人間になったような気がしますね）

好きな人の好きな人なのですから、セラ様のことを少しくらいは憎たらしく思っても良いはずなのに、ちっともそんな気持ちが起きません。

せめてミス・キャンベルのような方だったら、怒りも湧いてくるのですが。

（大体、旦那様が好きになる人が悪い人なはずありませんものね）

ちょっとした諦めの気持ちと共に、私は小さくため息をつきました。

＊

私たち四人は、居間の暖炉の前に集まりました。ダンケルク様が熾《おこ》した火は、絶えることなく赤々と燃えています。

「わたし、昔話っていうのに慣れていなくて。気になったらいつでも質問や突っ込みを入れて下さいね」

そう前置きして、セラ様は食後のミントティーのカップに触れながら、ぽつりぽつりと語り始めました。

「『大聖女』アナスタシアの記憶はいつも、修道院の小さなステンドグラス――オリーブの枝をくわえた白い鳩《はと》の模様から始まります。

彼女はお祈りの時に、いつもその鳩のことを考えていました。祈りを捧げるべきは鳩ではなくて、天にまします我らが神なのに。

ですが、そのおかげで気づくことができたのです。『黒煙の龍』の存在に。

ある日いつものように、早朝のお祈りに出向いたアナスタシアは――いえ、ここからはアーニャと呼びましょう。

アーニャはいつも見上げる鳩の色が、少し灰色になっていることに気づきました。きっと煤か泥がついたのだと思い、布を取ってきた彼女は、とんでもないものを目にします。

それは、龍の出来損ないのようなものと、一人の女性が戦っている姿でした。

そう、その女性こそが『大魔女』アレキサンドリア。アーニャが親しくサンドラと呼び、戦場で何度も支えることになる人です」

白い鳩のステンドグラス。

なぜでしょう。その鳩が、少し首をねじってオリーブの枝をくわえているところが、目の前にありありと浮かんできます。

きっと私はそれを、見たことがある。どこか遠く、今ではないいつかのこと。

「『大魔女』は白銀の髪を持ち、紫色の目をした背の高い女性でした。あちこち旅して、魔術の研鑽を積んだという彼女は『黒煙の龍』を追ってここまで来たそうです。『黒煙の龍』は村を荒らし、家畜を食らうばかりでなく——黒《ノア》と呼ばれる悪いものをばらまいて、人々の心をもかき乱す存在でした」

「……人の持つ心の暗い部分。普段ならコントロールできているはずのその思いを引き出し、これ見よがしに突きつける、小鬼のような悪い存在——」

知らないうちに口から言葉がこぼれてきます。これは私の記憶に残っている『大魔女』の知識でしょう。セラ様は優しく頷かれました。

「そう、そんな気持ちをばらまく龍は、その段階ではまださほど大きな存在ではありませんでした。

——『大魔女』アレキサンドリアの夫を食らうまでは」

若旦那とダンケルク様が息を呑む声が聞こえます。この辺りの事情は、記録には残されていないため、後世には伝わっていないのでしょう。

私は不思議と落ち着いてそれを聞いていました。なんとなく『大魔女』は——怒っている気がしていたので。

セラ様は静かに続けます。

「アレキサンドリアの夫は高名な魔術師であり、膨大な魔力の持ち主だったそうです。

本来であれば、まだちっぽけな存在だった『黒煙の龍』が敵《かな》う相手ではなかったはずですが」

セラ様が悔しそうに眉根を寄せます。

「『黒煙の龍』は人質を取りました。高潔な魔術師であるアレキサンドリアの夫は、龍の奸計《かんけい》に陥り、龍に殺されてしまいました」

内臓が焼け付くような怒りが込み上げてくるのが分かります。『大魔女』の怒りを文字通り肌身で感じていると、セラ様がこちらを慮《おもんぱか》るようにご覧になったので、話の先を促しました。

「彼の死体を食べた『黒煙の龍』は肥大化し、ものすごい量の黒《ノア》をばらまくようになりました。そうして、首都に攻め込んだ。己の力をさらに高めるための至宝を手に入れるためです。

それは国王陛下のお膝元にて、国を鎮護する宝玉、マカリオス・エスファンテ。『至福の輝き』の意味を持つこの至宝は、この国の存在を確固としたものにする魔術具であり、魔術障壁と併せて使うことで、鉄壁の防御を実現するものでした」

「この至宝を狙った『黒煙の龍』は、激闘の末、追放された……と歴史書には書かれていますね」

「はい。確かに首都から追い払いはしましたが、首を落とす寸前に、龍は姿を消しました。『大魔女』と『大聖女』は、結局龍殺しを最後まで完遂できなかったわけですね」

「百五十年前の『黒煙の龍』の目的は、至宝でした。ですが、今回の目的は、世界を食らうことと言っていましたね」

頷いたセラ様は、

「目的が何であるにせよ、キャンベル家と関わりを持っている以上、この国を足掛かりに世界を目指すことは明らかです。ここで必ず龍を食い止めなければ」

と決意のこもった眼差しで仰いました。『大聖女』の生まれ変わりらしい、高潔なお言葉に感じ入っていると、セラ様が私に尋ねました。

「リリスさんは何かを思い出したんですか？」

「思い出したというよりは、知っていた、という方が正しいでしょうか。『大魔女』はきっと、何かのヒントを私の中に残していかれたのだと思います」

「ええ。生まれ変わることを呪いによって封じられたあの人は、様々な人の中に記憶の種を残すことで、再びの災禍に備えようとしたのです。その種の一つがリリスさんの中に宿っていたのですね」

芽吹かない種もあったでしょう。けれどそのうちの一つは、確かに私の中に結実しました。

「……どうして、私だったのでしょうね。もっと他に適任がいたのでは」

「いえ、これ以上ない適任だと思いますよ？　そもそも〈秩序〉魔術は使い手の性格によるところが大きい魔術ですから」

「性格ですか」

「はい。リリスさんは『大魔女』にとてもよく似ています。それに――」

セラ様の次の言葉を聞こうとした、その瞬間。

家中をかき回すような、物凄い揺れが私たちを襲いました。

横揺れと縦揺れを取り混ぜた不規則な動きに、たまらず床に伏せると、何か重たいものがのしかかってきました。

それがダンケルク様であることに気づいたのは、揺れが少しずつ収まってからのことでした。

顔を上げれば、セラ様と若旦那が、手を握り合いながら身を寄せ合っているところが見えてしまいました。そんな場合ではありませんのにね。

ダンケルク様が私に手を貸して立ち上がらせて下さいます。油断なく辺りを見回しながら叫びました。

「今のは何だ……!?」

「物凄い揺れでした。どこかで土砂崩れでも起きたんでしょうか？」

怯《おび》えたように辺りを見回すセラ様。

――その背後に忍び寄る黒い靄に背筋が凍ります。

(黒《ノア》!? どうしてここに……いえ、〈秩序〉魔術の詠唱が間に合わない!)

私はとっさにポケットに手を突っ込みました。

ポケットの中には、昼間イリヤさんと一緒に作った試作品があります。それを指先でつまぐり、黒い靄に向けてかざします。

それは一枚の羊皮紙。私の魔力を込めた赤いインクで描かれているのは、魔術陣のミニチュア版です。

いきおい、威力も低くなりますが――。

「ッ、良かった、効力はある……!」

黒い靄が、手をぴしゃりと叩かれた子どものように後退していきます。その隙に私は詠唱を始めました。

「〝三度唱えるは我が名、二度唱えるは主の御名《みな》、そして一度唱えるは魔《ま》が名《な》――静謐《せいひつ》よここに、そして全てを〈秩序〉へ帰せ〟!」

部屋中に染み渡る赤い魔術陣。充満していた黒い靄たちは、まるで時を逆回ししたように、扉や窓の隙間から退散してゆきます。

ダンケルク様は素早く部屋を横切り、壁際のライティングビューローを蹴り飛ばしました。すると隠し引き出しが現れ、白銀のサーベルが姿を見せました。

サーベルをひゅんっと回転させて構えたダンケルク様は、荒々しい舌打ちを漏らします。

「防御魔術は展開していたつもりだったが。かいくぐられたか！」

もしかして、台所の開いていた窓——あそこから侵入されたのかもしれません。

いえ、今は侵入経路の話は後です。私は目を閉じ、感覚を研ぎ澄ませました。

「黒《ノア》はこの屋敷を取り囲んでいるようです。あの揺れ……恐らくはあれがきっかけかと」

「お前の〈秩序〉魔術はどのくらいもつ」

「時間にしておよそ三十分。ただし、黒《ノア》の密度や強度にもよります」

ダンケルク様は眉根を寄せて、

「まずは増援を呼ぶ。ウィル！」

「分かった」

若旦那が何かの術式の展開を始め、白い鳥の姿をした増援依頼を五羽《わ》、窓の外に解き放ちました。それを確かめたダンケルク様は、居間に隠していた武器をあちこちから取り出し、身に着けながら忙《せわ》しなく、

「俺は屋敷内を見回る。この黒《ノア》の出どころを叩かなければ話にならん」

と宣言なさいます。

「では私もご一緒します」

そう申し上げれば、ダンケルク様は恐ろしい形相で首を振りました。

「駄目だ。許可できん」

「黒《ノア》に対抗できるのは私だけだということをお忘れでしょうか」

「だからといって女を危険な場所に連れて行くわけにはいかない。それに、ウィルとセラ殿が丸腰になる。こいつらの使える魔術は治癒だけで、攻撃はからきしだろう」

「私の魔術は三十分はもちます。その前にことを済ませればいいだけの話です」

「危険すぎる！　幸いここには〈治癒〉魔術のプロが二人もいる。この二人を守り切れれば、多少負傷しても問題はないわけだから、お前はその守りを頼む」

「ダンケルク様ともあろうお方が馬鹿なことを。あなたが倒れたら、誰があなたの体をここまで引っ張ってくるのですか！」

「――俺の屋敷だ。構造は俺が一番よく知っているし、主人として俺が責任を持つ」

「ならば私も申し上げますが、私はこのモナード家のメイドです。屋敷内の〝清掃〟は私にお任せ頂くべきです」

ダンケルク様は相変わらず鬼気迫る形相で私を睨みつけています。

冷静に考えればとても恐ろしいことです。戦場で敵はこんな視線に晒《さら》されているのかと、少し同情してしまうくらい。

ですがお一人で行かせるわけにはいかないのです。

サーベルも長剣もボウガンも、黒《ノア》の前には意味をなさないのですから。

「……大丈夫ですよ、ダンケルクさん」

セラ様の静かなお声が援護して下さいます。

先ほどの混乱から既に立ち直ったのでしょう。いつになく落ち着いた佇まいで、諭すように仰いました。

「この部屋にはもうリリスさんの守護があります。わたしはその守護を増幅させることもできます。だからわたしたちは問題ありません。本当にリリスさんが必要なのは、あなたのはずですよ」

そうしてだめ押しとばかりに、にっこりと微笑まれました。

全てを包み込む慈愛の微笑みがダンケルク様を直撃し、ぐうの音も出なくなる……はずでしたが。

「俺にはリリスが必要だが、リリスはそうじゃない。そんな状況で連れて行けるか」

「どっ……どれだけ意地を張るんですかあなたは！」

「当然だろうが！　そもそも何の訓練も受けてない奴が、のこのこ危険な場所に出るなぞ、俺の職業倫理が許さん！」

そうでした。ダンケルク様は筋金入りの軍人であらせられるのでした。

議論は恐らく平行線、であればもう、強硬手段を採るほかありません。

私はさっさと立ち上がると、自分のバッグからあの羊皮紙を十数枚取り出し、廊下へ続く扉に手をかけました。

と、ダンケルク様が犬のようにすっ飛んできます。主人に〝犬のよう〟などという例えを使うあたり、私もメイド失格ですね。

今回に限って、反省する気はあまりございませんが。

「分かった。……分かったから、絶対に危ない真似はするなよ」

「……」

「はいと言ってくれ、頼むから」

懇願するようなダンケルク様のお顔。やけに気弱なそのお顔が、こんな状況であるにも拘わらず可愛らしく見えてしまって、私はふっと口元を緩めます。

「かしこまりました。危険に飛び込んでいくような真似は致しません」

そう言うとようやくダンケルク様はほっとしたようなお顔になるのでした。

(『俺にはリリスが必要だが、リリスはそうじゃない』なんて仰る人を、どうして一人で送り出せると思うのでしょうか)

ダンケルク様の側にいると、何だか無敵になったような気持ちになって、そのまま扉を押し開けて、廊下に躍り出ました。

案の定、黒《ノア》があちこちに蔓延《はびこ》っています。まるで手入れのされていない納屋にこびりついた煤のよう。

私たちを見て、いきり立った獣のようにざわめく黒《ノア》たち。

手近にいた黒《ノア》にあの羊皮紙――簡易〈秩序〉魔術と呼びましょう――を突きつけ、怯《ひる》んだ隙に、いつもの呪文を詠唱します。

「〝三度唱えるは我が名、二度唱えるは主の御名《みな》、そして一度唱えるは魔《ま》が名《な》――静謐《せいひつ》よここに、そして全てを〈秩序〉へ帰せ〟」

赤い魔術陣が展開され、廊下中に染み渡ってゆきます。

黒《ノア》が退いたところに、ダンケルク様が次々に明かりを灯していきました。

見慣れたはずの廊下が他人の家のように見えて、私は何度か瞬きをしました。

「一階から順に探していこう。手早く行くぞ」

「かしこまりました」

私が〈秩序〉魔術を用い、こびりつく黒《ノア》を打ち払った後で、武器を持ったダンケルク様が部屋に踏み込む。この手順で探索は進められました。

一階には敵の姿はなく、罠もありませんでした。

安堵のため息をつく私に、ダンケルク様がぴしゃりと仰います。

「油断するなよ。一階には何もない、そう思った瞬間に奇襲をかけられるかもしれない」

「分かっております」

「どうだかな」

鼻で笑うような物言いに、僭越ながら、かちんときました。

「そんな言い方をなさらなくても良いでしょう。油断するなと、それだけ仰って頂ければ理解できます」

「お前は軍人じゃない。どれだけ念押ししても足りないくらいだ」

「子どもではないのです。この家のことだって、ダンケルク様ほどではないにしろ、把握しています」

「大きく出たな。メイドはそこまで凄いのか」

「そこまでは申し上げてはおりませんが、メイドを軽んじるのは良い策とは言えないのではないでしょうか？」

「なんだ、今日はずいぶん突っかかるじゃないか？」

「それはダンケルク様の方でしょう」

私たちは同時に押し黙ります。雨が激しく窓にぶつかる音だけが聞こえています。

言い争いながらも、私たちは周囲への目配りを忘れていません。

そろりと階段を上がる私のすぐ後ろを、ダンケルク様がついて上がってきます。

「……三段目、軋みますからね」

「知ってる」

　ダンケルク様は遠慮なく階段を軋ませながら、踊り場に立ちました。

　私を見下ろす緑の目は、いつになく揺らぎ、まるで鬼火のように光って見えます。

「……お前には分からないだろうな。俺が今どれだけ恐怖を感じているか」

「なぜです？　ダンケルク様が、今さら『黒煙の龍』を恐れるとは思えませんが」

「お前だよ。お前が傷つくことが、お前を失うことが、俺は何よりも恐ろしい。――お前はきっと、そうではないのだろうが」

　いつになく臆病なことを口にするダンケルク様。私は踊り場に上がって、真正面からご主人様の目を見つめます。

「なぜそんなことを仰るのです」

「お前の気持ちはまだウィルにあるのだろう。ならば俺の入る余地などない」

「今はそんなことを話している場合ではないと思いますが」

「どれほどその思いを温めてきたかは知らないが――。その年月に歯が立つとも思えん。ならばもう軍人らしく、目の前で派手に散る以外に、お前の心に留まる方法はないだろう」

「何を馬鹿なことを仰って……⁉」

どろりと濁る、ダンケルク様の緑の目。私ははっと気づきました。

（黒《ノア》……！）

猜疑心《さいぎしん》を呼び起こす黒《ノア》が、ダンケルク様のお体を蝕《むしば》んでいるようでした。

そしてダンケルク様自身も、自分が口にした言葉が信じられないというような、混乱したお顔をなさっています。

（ああ、この方は――寂しがり屋の子どもだった。きっとその部分が黒《ノア》によって増幅されているのでしょう）

私はとっさにダンケルク様の頰に手を当て、その目を覗き込みました。

新しい主人。雇い主。若旦那のご友人、モナード家の当主で、眉目秀麗な軍人。

――そんな記号ではない、この方の本当の気持ち。本当の心。私はそれに幾度となく触れてきました。

（この方を大切にして差し上げたい。……きっともう、たくさんの愛を受けていらっしゃるでしょうけど、それでも）

メイドとしては不遜極まりないこの気持ちに呼応するように、新しい呪文が胸の奥から湧き上がってきます。

人の心に潜り込んだ黒《ノア》を解体し、無力化して外へと追い出すこの呪文。

精密に繊細に織り込まれた魔術を、唇に乗せて紡ぐように。それはきっと祈りにも似ているのでしょう。

「〝世界の端から伏して乞う。謳うは汝《なれ》が名、寿《ことほ》ぐは汝《なれ》が命。清浄なる心を以《もっ》て、その穢《けが》れを〈秩序〉に帰さんことを〟」

私の胸元からぶわりと湧き出たのは、金色に光る魔術陣でした。いつも詠唱する〈秩序〉魔術のそれより、さらに複雑さを増しています。

当然のことだ、と一瞬遅れて理解します。

なぜならば私の魔術が干渉するのは、ダンケルク様のお心――不可侵の領域である、人の心なのですから。

金色の魔術陣がダンケルク様のお体に染み込んでいきます。

すると、まるで陽光に暖められた霜柱のように、ゆっくりとダンケルク様の眼差しがほどけてゆきました。

黒く濁り固まった瞳が、いつもの透明感を取り戻し、輝きを帯びてゆくのを、特等席で見つめていました。

「……」

「……良かった。元通りになりましたね」

「……は」

「は？」

「恥ずかしすぎる……。面目ない立つ瀬がない軍人として合わせる顔がない」

ダンケルク様はしゃがみこみ、あー、と唸《うな》りながら額を押さえていらっしゃいます。

私もしゃがみこみながらお顔を覗き込むと、その形の良い耳が薄《うっす》らと赤く染まっているのが見えました。

「どうして面目ないのですか？」

「一人で行くとか息巻いておきながら、結局お前に助けられてる」

「それは別にそこまで恥ずかしがることではないのでは」

「男にはメンツってもんがあんだよ。お前には分からないだろうが」

「でも、ダンケルク様が悪いのですよ」

そう申し上げれば、ダンケルク様はじっとりと私を睨みつけました。待て、と言われた大きな狼みたい。

「『俺にはリリスが必要だが、リリスはそうじゃない』なんて仰るんですから。いくら黒《ノア》のせいでも、傷つきましたよ」

「……いや、どうかしていたんだ。俺らしくもないな」

「黒《ノア》のせいでしょう。人の心の弱い部分を取り出して、これ見よがしに増幅してみせるのです」

私は立ち上がります。まだ二階の探索が残っているのです。

ダンケルク様も、膝をぱんぱんと叩いて気合を入れていらっしゃいます。その眼差しに力が戻ったのを見て、少しだけ安心しました。

「それに、そのお言葉は間違っています」

「ん？」

「私にダンケルク様が必要でない、なんて――まるで逆です」

ダンケルク様がはっとしたような顔になります。

何か言いたそうなダンケルク様を制して、私は闇に包まれた二階を指し示します。

「きっと敵は上にいます。早くしないと三十分経《た》ってしまいます、急ぎましょう」

「ああ、分かってる」

ダンケルク様は手慣れた仕草でサーベルを抜き払いました。

「ここからは――本気で行く」

二階に足を踏み入れた途端、黒《ノア》以外のものが襲ってきました。

本気で行く、といったダンケルク様の気合に応えるかのように。

現れたのは、炭のように真っ黒な犬でした。

細い体軀には不釣り合いなほど大きな頭を持ち、不揃いで黄ばんだ歯がびっしりと生えています。

目は熾火《おきび》のように赤く燃え上がり、暗闇の中で不気味に光っていました。

ざっと十数対はあるだろう眼差しを受けてなお、ダンケルク様は酷薄な笑みを浮かべており、臆する様子がありません。

「黒《ノア》ではないな。なら俺の攻撃が通用する。ようやく活躍の場が回ってきたな！」

最初に襲い掛かってきた犬は、吼《ほ》える間もなく胴をなで斬りにされました。ひらめくサーベルの白銀が美しい軌跡を残します。

真っ暗で、犬の体もろくに見えないはずなのに、ダンケルク様は軽やかにサーベルを振るいます。

容赦もなく、情けもなく、その手つきはもはや事務的と言っても良いほどです。

ああして殺されるのならば、未練を残す暇《いとま》もないでしょう。

（あ、そうか……！　あの赤い目を目印に攻撃していらっしゃるのですね！）

と、気づいた時にはもう、襲い掛かってくる犬は全て切り伏せられた後でした。

さすがは軍人でいらっしゃいます。冷静、かつ大胆な身のこなしでいらっしゃいました。息もほとんど上がっていません。

「凄いです、ダンケルク様！　あっという間でしたね」

「多少は汚名を返上できたか。……だが油断するな、次が来る」

私は再び〈秩序〉魔術を用い、二階の黒《ノア》を退けます。どういうわけか、先ほどよりも調子が良いようです。

〈秩序〉魔術の強さは、黒《ノア》の濃度に比例するのでしょうか？　もしくは、新しい呪文を覚えたことで、私自身が強くなった可能性も——な、なくはないですよね）

二階の長い廊下を、煤払いのように黒《ノア》を追い払いながら進んでゆくと、廊下の突き当たりから、重苦しい気配を感じました。

ダンケルク様が手で私を制し、声を上げずに前を示します。

（あそこに何かいる……ということですね）

ダンケルク様がボウガンを構えます。その先端に魔術を乗せて、奇襲をかけるおつもりなのでしょう。

私は静かに詠唱を始めます。ダンケルク様の合図に合わせて、瞬時に魔術を展開できるように。

「……今だ！」

「——そして全てを〈秩序〉へ帰せ〟！」

ぶわりと黒《ノア》が退き、暗闇に閉ざされていた視界が戻ってきます。

照らし出されたのは、一人の女性の姿でした。

「ミス・キャンベル……！」

「こんばんは。良い夜ね」

長く豊かな黒髪を背中に流し、夜闇の如《ごと》きベルベットのドレスをまとったミス・キャンベルは、艶然と微笑みます。

ダンケルク様もまた、とびきりの笑顔を返されます。

ボウガンの照準を、ミス・キャンベルの心臓の位置に合わせたままで。

「本当に良い夜だ。ですが今晩、あなたをご招待した覚えはありませんが」

「冷たいことを仰らないで。だって今日は素敵な日。『大魔女』と『大聖女』の生まれ変わりを、一緒に殺してしまえるんですもの」

「……やはり、狙いはこの二人か」

「普段は守りが堅いから、ちっとも狙えなかったのよ。けれど今、この場所でなら――容易《たやす》く殺してしまえると思わない？」

微笑むミス・キャンベルの目が赤く染まっています。

魔性の色を帯びて、彼女の持つ美しさがさらに毒々しさを増しているようです。

殺す、と言われても不思議と恐怖の感情は湧いてきませんでした。あるいはこれから恐ろしくなるのでしょうか。

いずれにしても、私の関心はミス・キャンベルの発言ではなく、彼女の姿にありました。

黒いドレスは恐らく、魔力によって編まれたものでしょう。目を凝らせば、ベルベットの生地に薄らと鱗のような模様が見えます。

それに目の形も妙です。

杏仁型《きょうにんがた》だったミス・キャンベルの目は、一回りほど大きくなって、ぎゅうっと吊り上がっています。

（もう、若旦那の奥様であった頃のお姿ではない……？）

まるで『黒煙の龍』が乗り移ったかのような姿。

私が目を眇《すが》めて観察しているのを悟ったのでしょう、ミス・キャンベルはその場でくるりと回ります。

ドレスに隠れて見えなかった、長くて黒い尾がくるりと回転しました。

鱗の生え揃ったそれはまるで、龍のような。

（これは……。『黒煙の龍』の加護を受けているというよりは、その力を自分の物にしているような――）

嫌な予感が雷のように私の体を駆け巡りました。

「あなた、もしかして『黒煙の龍』を――食べたのですか？」

「何だって？」

「うっふふふふ！　そうよ、大正解、やっぱり『大魔女』には分かるのね！」

ミス・キャンベルは少女のようにはしゃぎながら、もう一度くるりと回りました。

「あんまり美味しくはなかったけれど。でも体の中に力が漲《みなぎ》ってくるの。この姿も素敵でしょう？」

「ダンケルク様。キャンベル家のご令嬢は、何人いらっしゃいましたか」

「確か五人――まさか、それぞれが『黒煙の龍』を食べたというのか⁉」

ダンケルク様の叫びに、ミス・キャンベルは微笑みで答えます。

白魚のような指を折って数えながら、

「まず頭を切り落とすでしょう？　それから上半身を半分ずつ、下半身も半分ずつ。そうすると綺麗に五等分できるのよ。私たち姉妹はいつも平等が鉄則なの」

「それは『黒煙の龍』の指示ですか。それともあなたたちが考えた？」

「私たちが考えて提案したのよ。そうしたらすごく喜んでくれてね。もちろん力は弱ってしまうけれど――。その分体は五つに増えるのだから、問題ないわね」

（では、ダンケルク様が見つけてきた、血のついた鱗は……彼女たちが『黒煙の龍』を食べた跡だったのですね！）

恐ろしい発想でした。

あんなけだものを、こんなに美しい人が食べてしまった。そのこと自体も恐怖です。

けれどそれよりも恐ろしいものは、私たちを待ち受ける龍の存在でした。

百五十年前、『黒煙の龍』は一体きりだったから、二人の魔術師で防ぐことができたのです。

ですがそれが五体に増え、それぞれが勝手に黒《ノア》をばらまけるのだとしたら――！

「恐ろしい連中だ。惚れ惚れするね！」

そう叫んだダンケルク様がボウガンを射出します。それは過たずミス・キャンベルの心臓に命中しました。

一瞬遅れて、矢が爆発しました。

ダンケルク様が素早く私を抱き寄せ、瞬時に展開した魔術防壁で守って下さったおかげで、私は難を逃れましたが、凄《すさ》まじい勢いでした。これなら多少ミス・キャンベルの体力を削《そ》ぐことができたかもしれない、と期待してしまうほどです。

ですがミス・キャンベルは、爆風の中から無傷で現れました。

やはり黒《ノア》をまとっていては、普通の攻撃は通用しないようです。

その後ろ、影からぞろりと這《は》い出《で》た影があります。それは先ほどよりも遥かに大きな黒い狼でした。

前脚の太さといったら丸太のようです。森の王、大地を統べるものの気配を帯びて、狼は低く唸ります。

「これは私のとっておき、エテカという名の使い魔よ。意味をご存知？」

ダンケルク様は答えず静かにサーベルを構えました。その先端に、ぼうっと緑色の光が浮かびます。

「エテカとは異国の言葉で――〝明日は来ない〟という意味」

その言葉を言い終えないうちに、エテカが跳躍してミス・キャンベルの前に躍り出ると、凄まじい勢いでこちらへ突進してきました。

狼の巨軀《きょく》にダンケルク様は臆せず踏み込んでいきます。

前脚を振り下ろす一撃を軽くかわし、剣先に魔術を込めたサーベルで切りつけます。

ギャウッと狼が鳴きました。ぎらぎら光る狼の赤い目と、ダンケルク様の緑の魔術が交錯します。

膂力《りょりょく》では大狼に敵わないと見て取ったダンケルク様は、速度と手数でエテカと渡り合っていらっしゃいます。

その隙を縫うようにして、エテカの巨大な顎《あご》が私目がけて開かれましたが――。

「させるものかよ！」

鮮やかな身のこなしでその鼻づらを蹴り飛ばしたダンケルク様。

お礼を申し上げる間もあらばこそ、またエテカに向かっていきます。

けれどいかにもダンケルク様らしいことには、ウインク交じりの軽口は忘れていらっしゃいませんでした。

「どうだ？　惚れ直したか？」

「そんなことを仰ってる場合ですか！」

「っと、油断ならない狼だな！」

その背後でにやにや笑いを浮かべているミス・キャンベルは、ドレスの裾からひっきりなしに黒《ノア》をばらまき、また部屋を汚そうとしています。

そのたびに廊下がぐらぐらと揺れるのが厄介でした。

「〝三度唱えるは我が名、二度唱えるは主の御名《みな》、そして一度唱えるは魔《ま》が名《な》——静謐《せいひつ》よここに、そして全てを〈秩序〉へ帰せ〟！」

〈秩序〉魔術で黒《ノア》を追い払っても、その側からじわりじわりと汚染されてゆきます。

ミス・キャンベルは楽しそうに、まめまめしく黒い煤を広げてゆきます。

その中でダンケルク様の動きが少しずつ鈍り始めました。

やはり黒《ノア》の影響が体に染み込んでしまっているようです。

狼の前脚の一撃が、ダンケルク様の腕を掠《かす》めます。服ごと肌を切り裂かれ、その柳眉が痛みに歪みました。

私はとっさにその背中に触れます。

（どうか、この方が何の憂いもなく戦えるように……！）

「〝世界の端から伏して乞う。謳うは汝《なれ》が名、寿ぐは汝《なれ》が命。清浄なる心を以て、その穢れを〈秩序〉に帰さんことを〟！」

周囲が明るくなり、手のひらが燃えるように熱くなりました。

その熱を分け与えるように、ダンケルク様の体に魔術陣を染み込ませます。

「助かる！　これで存分に戦えるというものだ！」

ダンケルク様の攻撃が激しくなったのを見て、ミス・キャンベルの顔から、初めて笑みが消えました。

「それは——それは、なあに？　知らないわ知識にないわ、そんな呪文は知りません！」

「お前に教えてやる義理はない！　そんなことより、自分の心配をした方がいいんじゃないか？」

そう吼えたダンケルク様がサーベルを構え、呪文を詠唱しました。

「〈遅延〉〈爆炎〉〈紅蓮〉〈焔〉！」

と同時に、エテカの足元が緑色に輝き、凄まじい爆炎を噴き上げました。

目の眩《くら》むような緑色の炎が、落ち着いた内装の廊下ごと、巨大な狼を舐《な》め尽《つ》くしてゆきます。あの巨体にこれほどの攻撃を与えられるなんて、ダンケルク様は武術だけではなく、魔術の方も秀でていらっしゃるようです。

毛の焦げる嫌な音と共に、狼の外皮がぶつりと破れ、中から黒《ノア》が溢《あふ》れ出《だ》しました。氾濫した川の勢いで押し寄せる黒《ノア》に対して、ダンケルク様は無防備です。

（このままではダンケルク様が危ない……！）

私は先ほど唱えた〈秩序〉魔術の残滓を指先に集め、かつて狼だったものに狙いを定めます。今までこんな風に〈秩序〉魔術を使ったことはありませんが、ここまで来たら出たとこ勝負です！

「廊下を汚すのは許しませんよ！」

指先から迸《ほとばし》る赤い光が黒《ノア》を直撃しました。

風に飛ばされる洗濯物のように追い払われた黒《ノア》を一瞥《いちべつ》し、ミス・キャンベルがはしたなく舌打ちしました。

「エテカを退けるとはね！　まあいいわ、あれ、あんまり可愛くなかったものね」

そう言って、にたりと蛇のように笑うミス・キャンベル。

「お前の新しい魔術も見ることができたもの。あとは聖女の生まれ変わりでもお土産に攫《さら》って行こうかしらぁ？」

「あら、新しい魔術が一つきりだとでも？」

セラ様を攫う、という言葉を聞いた瞬間、とっさに言葉が飛び出ていました。

もちろん、嘘です。新しい〈秩序〉魔術なんてない。あれだけです。

背中に冷や汗が噴き出るのを感じながら、私はミス・キャンベルに指を向けます。

「そのお体でお試しになりますか？　『大魔女』さえ使うことのなかった、第三の〈秩序〉魔術を？」

ミス・キャンベルは首を傾けて私を見ました。その言葉の真偽を確かめるように。

私は極めて自然な風を装いながら、一歩前に踏み出します。

「〝世界の端から伏して乞う――〟」

「あっはははは！　いいわ、結構よ、今日は新しいのを一つ見たもの。次に会う時のお楽しみに取っておきましょう。それまでせいぜい腕を磨くことね」

そうして、ドレスの黒《ノア》を大きく広げたミス・キャンベルは、廊下の壁をすり抜けるようにして、屋敷から出ていきました。

それと同時に、彼女が放っていた威圧感が消え失《う》せ、周囲を取り巻いていた黒《ノア》も、これ以上増えることはなくなりました。

(何とか、しのぎ切りました。ダンケルク様も私も生きています)

ダンケルク様を守ることができた安堵感にほっと息を吐く私を引きずるようにして、ダンケルク様は居間に駆け戻りました。

「頼む、無事でいてくれよ――！」

ダンケルク様の祈りは通じ、居間には無傷のセラ様と若旦那の姿がありました。

(ああ、ご無事だ……！)

そう思った瞬間、今度こそ全身から力が抜けていきます。

ダンケルク様が腰をしっかり抱えていて下さらなかったら、床に座り込んでいたでしよう。

「だ、大丈夫ですか、リリスさん⁉　どこかお怪我でもしましたか⁉」

「私は平気です。ですがミス・キャンベルがセラ様を攫う、と捨《す》て台詞《ぜりふ》を吐いたものですから、心配になって……。そうだ、ダンケルク様がお怪我をなさっていたはずです、どうか治療を」

「任せて、僕が治そう。……それにしても、ミス・キャンベルときたか」

若旦那は苦いものを口いっぱいに含んだような顔をなさいました。良い思い出がないのは当然です。

「でもあの人、前より強くなっていないかい？　二人がいなくなってから、黒《ノア》の侵攻が強くなって……。黒《ノア》って、彼女が出したものなんだろう？」

若旦那の言葉に、ダンケルク様が眉をひそめます。

けれどセラ様はにっこり笑って、えへんと胸を張りました。

「でもこの通り、わたしたちは無事ですよ！　リリスさんの〈秩序〉魔術を補強することで何とかしのげましたから」

それは以前セラ様から直接お伺いしていたことでした。

『大聖女』が『大魔女』の魔術を増幅させることで、『黒煙の龍』に対抗していた、と。

「もしわたしがもっと上手くサポートできたら、リリスさんの〈秩序〉魔術は物凄い威力になりそうですね。強くなったのはあの人だけじゃありませんよ！」

「そうだ、リリス。お前いつから三種類の〈秩序〉魔術を使えるようになったんだ？」

ダンケルク様のお言葉に、私は静かに首を振ります。

「最後のは――はったりです」

「は？　じゃ、俺に使ったのは？」

「ダンケルク様に使ったものは、あの時とっさに浮かんできた呪文です。三つ目の〈秩序〉魔術は嘘です、そんなもの使えません」

「……ははっ。なんだ、お前、そういうこともできるんだな？」

そうだよ、と緩やかに応じたのは若旦那です。

ダンケルク様の腕の傷に目ざとく気づき、その〈治癒〉魔術を展開しながら得意げに仰います。

「リリスはこう見えて意外と策士なんだ。うちに来た押し売りを追い返してくれるのもリリスだし、僕が詐欺師に騙されかけたときも気づいてくれたし」

「若旦那がぼうっとしすぎなのです」

「あはは、返す言葉が見当たらない。でも、さすがだね。二つ目の〈秩序〉魔術を使えるなんて！　『大魔女』だって一種類の魔術しか使えなかったんだろう？」

セラ様がこくこくと勢い込んで頷かれています。

「はいっ！　一種類の〈秩序〉魔術を応用していたので、手数は多かったですけど」

「そうなんですね。てっきり、色々な〈秩序〉魔術を使われていたものとばかり」

「ひょっとしたらリリスさん、『大魔女』を超える魔術師になっちゃうかも！　どうやって思いついたんですか？」

私はちらりとダンケルク様を横目で見ました。

一つ目の〈秩序〉魔術は――〈秩序〉魔術だと分かっていなかったけれど、とにかく、若旦那のために磨き上げられたものでした。

（二つ目の〈秩序〉魔術は、ダンケルク様を守るために生まれたもの、と申し上げるのは――。メイドの分を超えていますね）

「さあ、どうしてでしょう？　自然と使えていましたので」

「えー、気になります！　それ絶対イリヤさんに追及されますよ」

「そ、それは困りますね……」

イリヤさんに質問攻めにされないような理屈を考えているところへ、玄関の扉が激しくノックされました。

扉の向こうには大勢の人がいるようです。誰かがダンケルク様のお名前を叫んでいます。

「増援だ。少しばかり遅かったがな」

ダンケルク様は玄関に向かい、応援にやってきた兵士の方々を出迎えています。

ミス・キャンベルの足取りを探る手がかりがないか、屋敷の中を探索するようです。

外が豪雨である以上当然と言えば当然なのですが――。皆様の軍靴は泥にまみれています。

もちろんそれを玄関で拭うような素振りは見せません。仕方がありません、急いで屋敷を探さなければならないのですから。

とは言え、あっという間に泥にまみれてゆく絨毯をただ眺めるだけというのは、なかなか歯がゆい思いが致します。

「散らかった屋敷のお掃除をするのは、明日になりそうですね……」

丘と洞窟

キャンベル家の五人の娘たちが『黒煙の龍』の体を食べ、その権能を分散したということ。

そしてそのうちの一人――若旦那の奥様だった方が、昨晩モナード家を襲撃し、セラ様と私に危害を加えようとし、あまつさえ攫おうとしたこと。

けれどそれを私の二つ目の〈秩序〉魔術で、どうにか退けたこと。

昨晩あったことを説明するべく、私とセラ様は魔術省を訪れていました。話し終えると、イリヤさんは嬉しそうに飛び上がりました。

「朗報が多すぎるぞ！　いいニュースは分散して持ってきてくれ、まったくもう」

そう言って、相変わらず爆発したような金髪を手でもてあそびながら、

「二つ目の〈秩序〉魔術とは新しすぎて最高すぎる。あたしに見せてくれるよな？　なあ？」

「そ、それはもちろんでございます」

「良かった！　それで次のいいニュースは？　『黒煙の龍』が五人の女に食われ、その能力を五つに分散した、だったな！」

「それはいいニュースなのでしょうか？」

「あったりまえだろう！」

拳を握りしめて力説するイリヤさん。

「ここから導かれる仮説は以下の通り。一つ、龍が食べられるということ、つまり実体を持っているということ。まあこれは鱗が見つかった時点で分かっていたようなものだがな。一つ、それを食うことで権能が宿るということ。誰にでも与えられるものではないのかもしれない。キャンベル家の女たちに適性があったから黒《ノア》を扱えるようになったのか、あるいは誰でも龍の体を口にしさえすれば、黒《ノア》を操れるということなのか……!?」

相変わらずの長広舌は、イリヤさんがご自身の考えをまとめられている証拠なので、放っておくことに致します。

イリヤさんのお言葉に、セラ様が少しだけ顔をしかめます。

「でも、龍の力を得るために、龍を食べちゃうわけですよね。それって少し気味が悪いですし、本当にそんなことができるんでしょうか」

「分からん！　だからこそ興味深い！　いいなあ、あたしも龍を食べてみたい！　美味しいのかな？　ワニみたいな味がするのかな？　ワニ食べたことないけど」

「味の問題ではないのでは……」

「そうだ、食べる部位によって宿る力は変わってくるのかな？　君たちを襲ってきたミス・キャンベルは、どこを食べてどのくらい強いんだろう？　これはあたしの感覚だが、胴体を食べた女より、頭部を食べた女の方が強そうな気がしないか？」

「まあ、イメージとしてはそうですが」

「龍を食べることにより、黒《ノア》を装甲のように身に着けられるというのも面白いな。そうなれば君以外の人間が対抗できなくなるから、我々は作戦の変更を余儀なくされる」

「そうですね、最初は『黒煙の龍』は一体しかいない、という前提でしたし、作戦変更は必須でしょう」

「あーっもう、五人に今すぐここに来て欲しい！　知りたいことが多すぎる！」

もはやマッドサイエンティストの域に入ってきたイリヤさんは、けれど叫んだことで冷静になったのでしょう。

咳《せき》ばらいを一つして、先ほどからずっと置いてきぼりだったセラ様に向き直ります。

「と、いうわけで。黒《ノア》を振りまく発生源が五倍に増えたということを踏まえ、あたしたちはより一層防衛態勢を強化しなければならない」

「は、はいっ」

いきなりキリッとし始めたイリヤさんに、セラ様がこくこくと頷きます。

「君たちの話では、百五十年前の『黒煙の龍』は、首都《ここ》の秘宝を狙って襲ってきたそうだね？」

「はい。マカリオス・エスファンテを狙いましたが『大魔女』と『大聖女』で阻止しました。今回の復活は、世界を食らうためと言っていましたけど、その至宝も狙っていくつもりなんでしょうか」

そもそも、とイリヤさんが首を傾げます。

「前回はなぜマカリオス・エスファンテを欲しがったんだ？」

「マカリオス・エスファンテは、国の錨《いかり》と呼ばれ、国の鎮護を務めてきた魔術具の一種です。『黒煙の龍』は、この魔術具の『事物を固定する』という効果に目をつけたのだと思います」

「事物を固定する……。ははん？　『黒煙の龍』の存在は、あまり確固たるものではなかったようだね」

「『大魔女』の夫を食らって肥大化するまでは、単なる小物にしか過ぎませんでしたから。悪魔的な力を持っていますが、その本質は精霊に近いのです」

精霊。ケット・シーであったりバーバ・ヤガであったり、人の生活に密接な関わりを持ちながらも、さほど脅威ではない生き物たち。

つまり『黒煙の龍』は、神や悪魔に連なるものではないということです。

「なるほど。しかし、今回既に『黒煙の龍』は食われてしまっている。固定すべき存在はない、そうだろう？」

「確かに、仰る通りです」

キャンベル家の娘たちに分割された『黒煙の龍』の能力。

既に実体を持っている彼女たちにとって、マカリオス・エスファンテを手に入れることは、あまり意味がないように思えます。

「世界を食らうとはどういう意味なのでしょう」

「ふむ。昨晩君たちを襲撃したことを考えると、恐らくは黒《ノア》に関係することだろう。邪魔者である君たちを排除してから、ゆっくりと仕事に取り掛かりたい、そう考えたんじゃないかな」

一理あります。私たちは黒《ノア》に対抗できる唯一の存在ですから。

セラ様が、何かを思い出すように宙を見つめながら、ぽつりと呟きました。

「どのくらい役立つかは分かりませんが……。百五十年前に龍が死んだ場所に行けば、何か手掛かりがあるかもしれませんね」

*

「それでピクニックに行くというのも……何だか申し訳ないような気が……」

「『結果的に』ピクニックな感じになっちゃうだけで、ピクニック目的ではありませんから、大丈夫です！」

セラ様はそう仰いながら、慣れた手つきでサンドイッチを作っていきます。

私はその横で具材を用意しながら、バスケットに色々と詰めていきます。

昼食、ワイン、小腹が空いたときのためのクッキー、ジャム、クリーム、紅茶を沸かすためのセット一式……。

さて、なぜ私たちがピクニックの用意をしているかと申しますと。

百五十年前に『黒煙の龍』が死んだ場所が、郊外の森近く、少し小高いトリンドルの丘――つまり、ピクニックにはもってこいの場所だからでございます。

（『黒煙の龍』が死んだ場所に行けば何かが分かる、と『大聖女』の生まれ変わりであるセラ様が仰るんですから、遊びではないのです。しっかり準備をしなければ）

と思うのですが、お弁当を用意しているセラ様は、何だかとっても上機嫌です。

カリカリに焼いたトーストにチーズを挟み、キュウリを乗せようとしたセラ様を、一瞬迷ってお止めします。

「――若旦那は、キュウリの入ったサンドイッチがあまりお好きではありません」

「そうなんだ！　教えて下さってありがとうございます！」

「ですが、キュウリ単体のサンドイッチはお好きなので、そちらを作って頂けますか」

「分かりました。チーズとキュウリ、合うのになあ」

そう言ってくすっと笑うセラ様は、先ほどより少しうきうきした様子で、新しいパンを手に取ります。

「バターは厚めがお好みです」

「はあい」

セラ様は手際よくサンドイッチを作ると、しっかりと清潔な布でくるんで、バスケットに納めました。

既にぎっしりと食料の詰め込まれたバスケットを見て、満足そうに頷いていらっしゃいます。

「このくらいあれば、途中でお腹が空く心配はなさそうですね！」

「ええ。では参りましょう」

「あ、持ちますよリリスさん」

「問題ないです、私が持ちます」

「いえいえわたしが」

「私が」

などと言い合う横から、すっと伸びてきた手が一つ。

若旦那です。ひょいっとバスケットを持ちあげると、大型犬のようにおっとりとした眼差しで、私たちを見つめます。

「レディたち、ここはもちろん僕が持っていくからね。馬車に乗って待っていてよ」

「わあ、グラットンさん、ありがとうございます！」

「し、しかし若旦那、それはさすがにメイドの私が」

「いいからいいいから」

主人に物を持たせるメイドなどメイドではありません。

（いえ、主人と食卓を囲んだり、主人にドレスを買ってもらったりしている時点で、だいぶメイドの本分から逸脱してはいるのですが！）

何度も若旦那からバスケットを奪おうとしましたが、やけに俊敏な身のこなしで全て避けられてしまい、結局馬車まで持って頂くことになりました。

コルセットをぎゅうぎゅうに締め上げないといけない外出着でなければ、廊下の角でバスケットを奪えたものを。

（馬車から降りるときは絶対に、バスケットを奪います！　スタートダッシュさえ決めれば大丈夫なはず！）

一人作戦会議を開く私の手を、横からついとすくい上げる方がいらっしゃいました。

ダンケルク様です。

軍服に身を包み、腰にサーベルを下げられています。丘に行くとは思えない恰好《かっこう》ですが、それもそのはず。

何しろ『大聖女』の生まれ変わりと、〈秩序〉魔術の使い手は、今やキャンベル家の人々に狙われているのです。

軍人たるダンケルク様ですから、一番気にされているのは、ミス・キャンベルをはじめとした方々の襲撃でした。もちろんセラ様には、魔術省から派遣された護衛の騎士の皆様がいらっしゃるのですが、さらに多くの人員を割いて守りを固めています。

これから向かうトリンドルの丘も、既に何人もの騎士や兵士の方々が、警備に当たって下さっていると聞いています。

（いけません、気が緩んでおりました。遊びに行くのではないのです、『黒煙の龍』の目的をしっかりと確かめなければいけませんね！）

そう考えながら、ダンケルク様のエスコートで馬車に乗り込みます。

向かい合った二人がけの席で、私とダンケルク様が横並び、若旦那とセラ様が並んで腰かけています。

馬車がゆっくりと空へ舞い上がりました。トリンドルの丘まではおよそ三十分でしょうか。

「――その顔は、また何かクソ真面目なことを考えている顔だな」

「えっ」

「ピクニックじゃないんだから、気を引き締めなければ、とか考えてるんだろう」

「そ、それは当然です。『黒煙の龍』の目的を確かめ、次に襲われた際も撃退できるように、策を練らなければならないでしょう」

はあ、と聞こえよがしにため息をつかれるダンケルク様。メイドに向かって何ですか、そのため息は。

「お前が昼夜問わず、魔術省で〈秩序〉魔術の簡素化に取り組んでることは、ここにいる全員が知ってる」

「イリヤさんに付き合って、徹夜をされている日もあるってことも！」

「その状態で帰ってきて、僕たちの料理を作ったり、部屋の掃除をしていることもね」

セラ様と若旦那。思いもかけぬ方向から言葉が飛んできて、思わずぽかんとしてしまいます。

ダンケルク様が、私の頭を軽く撫でました。

「ま、息抜きだと思って、今日はゆっくりしろ」

「で、でも……」

「そのために俺の部下を総動員したんだ。キャンベル家の女たちが勢揃いでやってきても心配ない」

「本当は、お弁当もわたし一人で作ろうかと思ったんですけど……」

セラ様が照れくさそうに笑っていらっしゃいます。

「リリスさん、神業みたいな速さで準備しちゃうんですもん。魔術使ってないのにすっごく速くて、手品を見ているみたいでした！」

「えっと……も、申し訳ございません……？」

「謝ることじゃないですよー！　グラットンさんの好きなサンドイッチも作れましたし、結果的に良かったです」

これから向かうのは、完全な遊びではないにしろ、完全なお仕事でもない、ということでしょう。

確かに息抜きが必要なタイミングだったかもしれません。それを本人よりも先に見破ったお三方は、やはり凄い方々です。

「皆さん、私のために……ありがとうございます」

「全然です。こちらこそいつも助けてもらっちゃって、ありがとうございます！」

ふふ、とはにかむセラ様は、横目でちらりと若旦那をご覧になります。

その視線を受けた若旦那が、どぎまぎと視線をそらすのを、つきんとした胸の痛みと共に見つめました。

馬車の席ですから、自然と肩が触れ合う距離です。セラ様も若旦那も、そのことを少しだけ意識しているように見えました。

（こうして見ると、本当に――お似合いな二人でいらっしゃる）

柔らかな色調。穏やかな表情。はにかむお顔なんて特に、似ていらっしゃいます。

と、外套《がいとう》に隠れた私の手を、ダンケルク様がぎゅっと握ります。

指と指を絡め、安心させるように、きゅ、きゅっと力を込めました。

高すぎるダンケルク様の体温がじんわりと染み込んできます。

（この方はよく人を見ていらっしゃる。人の心なんて、きっと自分の手のひらを見るように分かってしまうのでしょうね）

まあ、そういうところが、女性の人気を勝ち得る理由なのでしょうけれど。

それでも、すがるには十分な手のひらでした。

力を込めて握り返すと、少しだけ触れ合っている肩が微かにこわばりました。

緊張されている、のでしょうか？　数多《あまた》の女性を口説いてきた、この方が？

（そうか――。ダンケルク様は、本当に私のことが好きなんですね）

改めて受け止めたその事実が、私の胸の痛んだ場所を、静かに包み込むようでした。

痛んだところは、きっとずっと治らないけれど――それでも。

＊

快晴に恵まれ、トリンドルの丘には気持ちの良い風が吹いていました。

あちこちに、密かに武装した兵士の方々がいることに目を瞑《つぶ》れば、のどかで平和な光景です。

丘の北側には滝の流れ落ちる崖、南側には緑豊かな森が広がっているそうです。申し分ない行楽地と言えましょう。

私たちはバスケットを兵士の方に預けました。まずはお仕事が先ですからね。

セラ様は風でひらめくスカートを片手で押さえながら、緑のじゅうたんを敷き詰めたような丘を指さします。

「『黒煙の龍』は首都攻撃に失敗し、この丘に逃げてきました。百五十年前のことですから、痕跡は残っていないようですが」

丘の真ん中辺りで、セラ様はぺたんと腰を下ろしました。

「ここで『大魔女』が留めを刺しました。〈秩序〉魔術を練り上げ、純度の高い剣にして、龍の体に突き立てたんです」

〈秩序〉魔術を物理攻撃に応用するやり方は、先日屋敷を襲撃された際、無意識に私もやっていたことでした。

「あの時のサンドラ、とっても怒ってたなあ」

「怒っていた？」

そう尋ねれば、セラ様は照れ臭そうに仰いました。

「実は首都攻撃を防ぐ段階で、アーニャ――つまり『大聖女』が龍の攻撃で大怪我を負ってしまいまして……」

「ああ、それは怒るでしょうね」

ぞわり、と背筋を駆け抜ける、嫌な怖気《おじけ》。

セラ様のように完璧に前世のことを覚えているわけではありませんが、それでも、あの時の怒りと恐怖は記憶に強く刻まれているようです。

「『大魔女』の怒りが、自分のことのように理解できる……この私の感情はどこから来るのでしょう？　私は『大魔女』の生まれ変わりではないのに」

「『大魔女』は種をいくつか残したと前に言いましたが、その種の中に、ちょっとした誘導を入れてみたら、とわたしがアドバイスしたんです」

「誘導ですか？」

「生まれ変わりではありませんから、サンドラの全ての記憶、感情、知識を引き継ぐことはできません。記憶や知識は、生まれ変わりであるわたしがある程度カバーできるのでしょうが、感情はそういかない」

感情こそが〈秩序〉魔術の鍵である、とセラ様は仰いました。

「〈秩序〉魔術を己の欲望のためだけに使うようなことは許されません。人間相手に使えば、容易に相手を殺すことのできる魔術ですから」

やろうと思えば、どんなに高い防御力を誇る騎士や魔術師であっても、ばらばらにしてしまえるのが〈秩序〉魔術です。

「ですから『大魔女』は、他者を守るために〈秩序〉魔術を使うよう、感情を引き金にしたのです。誰かを守りたい、誰かのためになりたい、そういう感情を持っている人ほど〈秩序〉魔術を上手く使えるのです」

誰かのために。なるほど、そもそも私が掃除魔術を使えるようになったのは、若旦那のためでした。それが『大魔女』の意志に沿うものだったのでしょう。

こくんと頷いたセラ様は、丘の上に寝転がると、手足をじたばたさせました。

「剣を突き立てられた龍は、こんな感じでじたばた暴れました。あちこちに鱗やら血やらが飛び散って、ひどい断末魔の声が聞こえて」

「そうして『大魔女』は龍の頭を落とそうとしたけれど――」

「はい、ですがそれは、龍が飛び立ってしまうまでのこと。龍は最後の力を振り絞って、自分の首を落とす剣から逃れ得たのです」

「残っている記録とは少し違うのですね」

「龍を取り逃した、というのは英雄譚《えいゆうたん》には相応しくないですからね。書き換えられたのでしょう」

『大魔女』ともあろう人が、どうして仕損じたのでしょうか。

龍が強すぎた？　窮鼠猫を嚙むの言葉通り、『大魔女』さえも想像のつかない力を発揮したのでしょうか。

（……何か引っ掛かるものがあります。私にも全ての記憶が残っていれば良いのに）

セラ様の横に腰を下ろしてみます。寝転ぶと青い空が見えて、このまま空の中に落ちていきそうな錯覚を覚えます。

「私が対峙していたのは、龍だけだったのでしょうか……？」

「え？」

「何か忘れているような気がするのです。いえ、私に記憶はないので、忘れているというのも妙な話なのですが」

「んー……。わたしも大怪我を負って使い物にならなかったとはいえ、この場にいました。『大魔女』が戦っていたのは龍だけだったと思います」

「そう、ですよね」

記憶が残っているセラ様がそう仰るのですから、やはり私の勘違いでしょう。

それにしても、風が気持ち良いです。

程よい日差しと鳥の鳴き声を静かに堪能《たんのう》していると、さくさくと草を踏む音が聞こえ、若旦那がひょっこりと顔を覗かせました。

「リリス、セラさん。そろそろご飯にしないかい？　ダンがウサギを何羽か仕留めて、今焼いてくれてる」

「ウサギを仕留めた？　ダンケルクさんって何でもできるんですね」

「一応、僕も手伝ったんだよ。罠を仕掛けたりしてね」

セラ様の言葉に、ちょっとむくれた子どものように言葉を付け足す若旦那。

セラ様はくすっと笑って、分かっていますよ、と仰いました。

私は立ち上がってお尻を払うと、二人から少しだけ離れた状態で、ダンケルク様の元に向かいました。

＊

草の上に広げた布の上は、用意してきた食糧や飲み物で埋め尽くされています。

こんがりと焼けたウサギの肉には、ハーブが惜しげもなく使われていて、嚙むたびに香りの良い肉汁がじゅんわりと溢れ出てきます。

もうナイフとフォークは使っていません。四人で肉にむしゃぶりついていると、なんだか原始人に戻ったような気がします。

「でもウサギのお肉なんて可愛いものですよね。キャンベル家の人たちは、龍の体を食べたって言うんですから」

「凄い話だよな。旨いのかな、龍の肉って」

「イリヤさんも同じことを仰っていました」

「あのマッドサイエンティストと発想が同じとは。不覚だ」

唇を脂でべとべとにさせながら、ダンケルク様が顔をしかめました。

青空の下、サンドイッチをつまんだり、ワインを注ぎ合ったり、ピクニックにふさわしい穏やかな時間を過ごします。

と、ワインを注ぐダンケルク様のお顔に、意地の悪い笑みが浮かびました。

「飲みすぎるなよ、リリス？　ここでなら遠慮なく〈秩序〉魔術を使えるけどな」

「僭越ながら、ワイン二本程度でしたら水です。この間のように酔っぱらったりはしませんよ」

「水ときたか。俺の家のワインセラーが空にされる日も近いな」

「リリスは酒豪だからねえ。僕なんか二杯で顔が赤くなってしまうよ」

既にお顔を真っ赤にされて、楽しそうにワインを傾ける若旦那。それにセラ様がうんうんと頷かれています。

「お祭りのときなんかにワインを頂くんですが、わたしもゴブレット半分がせいぜいです」

「じゃあ僕たち、おそろいだ」

「ですね」

（まあ、ワインを水のように飲む女よりは、お酒に弱い人の方が、可愛らしいですよね）

別に、今更お酒に弱くなりたいとは思いませんが。

ちょっとだけセラ様を羨ましく思ったのは認めましょう。

（でもこの気持ちは――前ほどじゃない。前ほど、若旦那とセラ様を見ていても、胸が痛くないです）

その理由には、ちょっとだけ心当たりがありました。

まあ、それはともかく。

こうしていると、本当にピクニックのようです。視界にちらちら入ってくる兵士の方々に申し訳ないくらい。

「それにしても、ここで百五十年前に死闘が繰り広げられたことなんて、忘れてしまいそうになるね」

若旦那が、くちくなったお腹を満足げにさすりながら仰います。

本日もたくさん召し上がって、つやつやふくふく、まるまるてかてかしています。

そのシルエットとは対照的に、すらりとした足を持て余し気味に投げ出したダンケルク様が、ワインを干しながら同意します。

「のどかだもんな。手がかりはありそうにないか」

「でもですね、わたし、一つ思い出したんです」

空を見上げていたセラ様が、私たちの方に向き直りました。

「『黒煙の龍』が首都で攻撃を受け、必死にこの丘に逃げてきて――『大魔女』に致命傷を負わされるまで。一晩の時間があったのです」

夜が更け始めた頃に『黒煙の龍』は首都を脱し、この丘へ逃走。

大魔女は、大聖女が大怪我を負ったということもあり、夜が明けるのを待って龍を追撃したのだそうです。

「『黒煙の龍』は、一晩中この丘で寝そべって、お星様でも見ていたのでしょうか？」

「――私がもし手負いの獣なら、どこか隠れる場所を見つけますね。三方が壁に囲まれていて、寝込みを襲われる心配のない場所」

「ふむ。その龍が夜を明かしたかもしれない場所に、何かヒントがあるかも、ってことだね」

手がかりとしては薄い気もしましたが、それ以外に取り掛かるものがないのも確かです。

私たちは二手に分かれて、丘周辺を探索することに致しました。もしミス・キャンベルが襲ってきたとしても、護衛の兵士の方々には簡易〈秩序〉魔術の呪符を渡してありますので、私が駆け付けるだけの時間は稼げるでしょう。

さて、チーム分けにつきましては。

「婚約者ですので私とダンケルク様が一緒に行くのが望ましいかと」

「……それでいいのか？」

ダンケルク様の探るような目。何ですか、ダンケルク様もそう仰るつもりだったでしように。

「兵士の方々がいらっしゃるので、戦力分担は考えずともよいでしょう。さ、参りましょう」

「……分かった。じゃあそれぞれ一時間ほど探索して、ここに戻って来ること。何かあったら兵士に伝言を頼め」

とんとん拍子で話が進み、ぽかんとしているセラ様と若旦那。同じ表情をなさっているので少し笑ってしまいます。

すたすたと歩き始める私の横に並んだダンケルク様は、意味ありげな視線をよこします。

　口を開いたら負けのような気がして、私は黙ったまま、さくさくと森の中を進みました。

「……そういや、ウィルはきゅうりのサンドイッチが大好物だったな」

「ええ」

「それでいて、他の具ときゅうりが混ざって入っていると、あんまり食わない。今日のサンドイッチはどれにもきゅうりが入っていなかった」

「そうでしょうとも」

「サンドイッチはお前と聖女様が作った。――あの聖女様に、ウィルの好物を教えたんだな」

　こくんと頷けば、呆れたようなため息が返ってきました。

「敵に塩を送ってどうすんだ。しかもあっちの方が優勢だぞ」

「でしょうねえ」

「でしょうねって、お前な」

「それを申し上げるならダンケルク様だって、若旦那をお家に住まわせたりして。敵に塩を送るどころか投げつけているようなものでしょう」

「俺はフェアにやりたいだけだ」

「奇遇ですね、私もです」

ダンケルク様は小さくため息をつくと、そっと私の手に指を絡ませました。手のひらを探り当て、ぎゅっと握りこまれます。

腕を組むより、私はこちらの方が好きです。

(手袋越しではありますけれど——。ダンケルク様が、手に汗をかいていらっしゃるのが分かりますから)

ミス・キャンベルが放った巨大な狼を、たった一人で相手取った方なのに。

誰よりも強い軍人であらせられるのに。

私と手を繋いでいるだけで、こんなにも緊張してしまっている。

「優越感、というのでしょうかね」

「どうした？」

「いいえ、何でもありません。さあ、龍の痕跡を探しましょう。百五十年経ってしまっていては、大した手がかりはないかもしれませんが」

私たちが探索に向かったのは、丘の北側。山と見まがうほどの巨大な崖から、ごうごうと滝が流れ落ちている場所です。

この滝から流れ落ちる水は、丘を横断し、森の中——若旦那とセラ様が探しに行った場所——へ繋がっているようでした。

　おっかなびっくり滝つぼを覗き込んでみますが、凄まじい水飛沫《みずしぶき》のせいであまりよく見えません。

　しかも瀑布《ばくふ》の音は凄まじく、声を張り上げなければ、隣にいらっしゃるダンケルク様にも声を届けることができません。

「落ちたら厄介なことになりそうですね！」

「大丈夫だ、必ず助けてやる！　だからあんまり前の方へ行くなよ！」

「それはありがとうございます！　それより、滝の裏に何か洞窟のようなものがあるかもしれませんね！」

「可能性はあるな！」

　私が手負いの龍ならば、滝の裏は絶好の隠れ場所のような気がします。

　そう思って、ダンケルク様から手を離し、ほんの僅か身を乗り出した時でした。

　どんっ、と背中に衝撃を受け、私の体が宙に浮きました。

「えっ」

　ぶつかってきた重たい何かは、地面に踏ん張る余地も与えてくれませんでした。

　手が空しく宙を掻《か》きます。

　つかまる場所があるはずもなし、私の体は重力に従ってゆっくりと滝つぼの中へと落下してゆきます。

（あ、死にますねこれは）

滝つぼの深さを考えるまでもありません。何しろ私は泳げないのですから。

ですが、最後に何が起こったのかくらいは確かめたいです。

私は首をねじって、崖の上を見上げました。

そこには、驚愕《きょうがく》に目を見開きながら、手を伸ばすダンケルク様のお姿と、呆然と立ち尽くす一人の兵士が立っています。

兵士のとび色の瞳には、どろりと黒く澱む何かが、不穏に蠢《うごめ》いていて。

「黒《ノア》……ッ！」

叫びは瀑布に呑み込まれ、私の体は取り返しのつかないところまで落下します。

せめて、水が冷たくないことを祈りながら、私は静かに目を閉じました。

――ダンケルク様を悲しませてしまうだろうか、と思いながら。

麗しの大魔女

覚醒を自覚したとき、まさか目を覚ますとは思ってもみなかった私は、うわあ、とのんきな声を上げてしまいました。

「煉獄《れんごく》……というわけではなさそうですね。私、まだ生きているみたいです」

辺りは真っ暗で、遠くで水の滴る音が聞こえています。

私は下半身を水に浸した状態で、どこかの岸辺に打ち上げられているようでした。

「ここは……川べり？　にしてはずいぶんと、石の多い場所ですね」

ゆっくりと起き上がり、手探りで怪我のないことを確かめます。

体がこわばり、冷え切っているところを見ると、滝つぼに落ちてから結構な時間が経っているのかもしれません。

それでも、あそこから落ちたというのに怪我もなく、ずぶ濡れになっただけで済むとは、何たる幸運でしょう！

大方ミス・キャンベル辺りが、黒《ノア》で悪意を植え付けた兵士に、私を殺させようとしたのでしょうが、まさか不首尾に終わるとは、彼女も想像がつかなかったでしょう。

状況の整理がつくと、むくむくと怒りが湧き起こってきます。よくもまあ人を滝つぼに突き落としてくれたものです。

「ですが、私はこの通りぴんぴんしているわけですし……僭越ながら、ミス・キャンベルにはざまあみろと申し上げたいですね」

私は立ち上がり、手のひらに明かり代わりの炎を灯しました。〈秩序〉魔術以外はからきしの私ですが、この大きさの炎であれば、詠唱なく出現させることができます。

明かりのおかげで、ここが洞窟であることに気づきました。

真っ暗なのも、石が多いのも当然です。

ですが最初に予想したような、滝の裏にひっそりと存在する洞窟――というわけではないようです。

恐らく、川の支流が流れ込んでいる洞窟なのでしょう。微かではありますが、水の中に森の木々の匂いがします。

ゆらりと揺らめく炎が、この洞窟の意外な大きさを教えてくれました。

（風がずっと吹き抜けている……この洞窟、どこかに繋がっているようですね）

私は〈秩序〉魔術で身なりを整えました。びしょぬれの体が乾燥し、いくらかマシになりました。

ちょっとだけコルセットも緩めて動きやすくして、いざ出発です。

「ずいぶんと広い洞窟ですね」

数十歩行けばもう行き止まり、というような規模ではありません。

複雑に入り組んだ道は、さながら迷宮のように、私を奥へ奥へと誘《いざな》います。

道に迷って出られなくなる前に引き返すべきでしょうか。でも、引き返しても川しかありません。

泳げない私としては、陸を彷徨《さまよ》う方がいくらかましというものです。

足元に気を付けながら、一時間ほど歩いた頃でしょうか。

「わあ……！　凄い、立派な鍾乳石《しょうにゅうせき》ですね！」

開けた大きな空間で、三角錐《さんかくすい》の細長い石が、天井からも地面からも生えています。

どれも仄かなエメラルドグリーンで、内側から光っているようです。

手のひらの明かりがいらないくらいの明るさは、幻想的で美しく、迷子になっているという現状を忘れてしまいそうです。

(苔《こけ》が生えているのでしょうか？　いえ、これは――魔力を帯びているようですね)

どういう仕組みかは分かりませんが、この鍾乳石一つ一つが密度の高い魔力を帯びており、この鍾乳洞全体の空気をずっしりと重くしているようです。

ここで魔術を使えば、さぞ威力の高いものになるでしょう。気を付けなければなりませんね。

「出口はあるでしょうか」

私は鍾乳洞をさ迷い歩きます。出入口らしいところは見当たりません。

全貌を把握するため〈秩序〉魔術を展開してみます。

「〝二度唱えるは我が名、二度唱えるは主の御名《みな》、そして一度唱えるは魔が名《まな》――静謐《せいひつ》よここに、そして全てを〈秩序〉へ帰せ〟」

私の魔力がぶわりと鍾乳洞全体に行き渡り、様子を教えてくれました。

「どうやら、出口らしきものはなさそうですね」

冷たい手で心臓を締め上げられるような心地がしました。

だって、出口がないなら、あの川を遡って出るしかありません。

けれど私は泳げないし、そもそも偶然ここに流れ着いたのですから、どこに向かえばよいのか分かりません。

八方塞がりとなりかけたところで、私は強く首を振ります。

（絶望してはだめ。大丈夫、まずはやるべきことをやりましょう。――きっと若旦那や、セラ様や……ダンケルク様も心配して下さっているでしょうし）

私はあえて声に出して言いました。

「恐怖や諦念に囚《とら》われていては、突破できるものもできません。まずは落ち着いて、ここから出る方法を見つけましょう！」

「へえ。ずいぶん冷静なんだね」

ハスキーな女性の声。まさか先客がいるとは思ってもみなかった私は、文字通り飛び上がってしまいました。

その女性はこつ、こつという踵の音と共に、クスクス笑いながら私の前に姿を現しました。

長く艶やかな赤毛に、目を見張るほどの白い肌。

薄らとそばかすの散った鼻梁《びりょう》はすんなりと高く、どこか怜悧な印象を与える美しい女性でした。

黒ずくめの、体のラインに沿ったドレスが、よくお似合いです。

「あなたは……？」

「あたしはアレキサンドリア・ゼノビア。かつては大魔女と呼ばれていた」

心臓が止まるほど驚きました。

とうの昔にお亡くなりになった伝説の人が、目の前にいるなんて！

——ですが、心のどこかで納得している自分がいました。

この人こそ、〈秩序〉魔術を編み出した、希代の魔術師なのだと、私の何かが告げています。

同類を嗅ぎ分ける力、とでもいうのでしょうか。とにかくこの人の言葉に偽りがないことはすぐに分かりました。

彼女は私を値踏みするように見つめました。

「で？　あたしの〈秩序〉魔術を使ってるあんたは、いったい？」

「あ……リリス・フィラデルフィアと申します。下手な猿真似《さるまね》をお見せしまして、申し訳ございません……！」

「ああいや、別に責めちゃいないし、あんたの〈秩序〉魔術は猿真似でも何でもない。すまないね、あたしの悪い癖で、普通に話してるだけなのに、どうにも威圧感があるらしい」

大魔女はニッと不敵な笑みを浮かべて仰います。

もしかしたら、見た目より気さくな方なのかもしれません。

「あんたの〈秩序〉魔術が本物でなけりゃ、あたしは今ここにいない。――分かっちゃいるだろうが、このあたしは影法師だ。とっくに死んだ本体がここに残していった、魔術機構の一つに過ぎない」

「魔術機構……でございますか」

「平たく言えば、誰かの〈秩序〉魔術をきっかけに起動する人形、ってとこさね。あたしはあんたを助けるためにここにいる」

そう言って大魔女は、ぱんぱんと手を二つ叩きました。

と、目の前の、腰かけるのにちょうど良さそうな岩の上に、湯気を立てた紅茶のカップが現れます。

それだけではありません。美味しそうな焼き立てのスコーンに、クロテッドクリームにいちごのジャム、それからローストビーフのサンドイッチといった軽食まで揃っています。

「まずは一息つこうじゃないか？」

＊

こうして話してみると、大魔女――いえ、アレキサンドリア様は、やはり非常に気さくな方でした。というより、せっかちなのかもしれません。

社交辞令にありがちな枕詞《まくらことば》やおべっかを好まず、単刀直入な話を好まれるようです。

がしっ！　と掴んだスコーンに、どかっ！　とジャムを乗せ、もぎゅっ！　と一口で半分くらい食べてゆく様は、見ていて気持ちが良いほどでした。

ご自身を人形と仰るわりに、旺盛な食欲でいらっしゃいます。

紅茶を頂くうちに、少し落ち着いた私は、自分がここへ来た経緯を簡単にお伝えしました。

アレキサンドリア様はもぎゅもぎゅと口を動かしながらも、耳を傾けて下さっているようです。

「……というわけで、トリンドルの丘の北にある崖から落ちて、気づいたらここにいたのです。この洞窟は一体どこなのでしょう」

「ああ、トリンドルの丘から二キロくらい離れた場所だよ。出口がないように見えるが、この近くの水路が開く時間になれば、水位が下がって外への出口が現れるから、安心しな」

　その言葉に私は胸を撫で下ろしました。

「良かったです！　お恥ずかしながら私泳げないものですから、どうしようかと思っていました」

「大丈夫、ここから出るのはさほど難しくない。さて、今度はあたしの話をしても？」

　私は居住まいを正して『大魔女』に向き直りました。

「さて、そもそもなぜあたしがここに設置されたかということなんだが」

「はい」

「あたしとアーニャ……大聖女が、百五十年前に『黒煙の龍』を仕留め損ねたことは知っているかい」

「アレキサンドリア様が首を落とされる前に、龍が遠くへ逃げてしまったと聞いております」

「そう。龍は必ず戻ってくるだろうと考えたあたしは、生まれ変わりの算段を立てたが、それは龍の呪いで叶《かな》わなかった」

だから大魔女は「種」をあちこちに残したのです。それは以前セラ様からお伺いした通りでした。

「しかし『種』にも限度があった。あれは決定的な知識を残せないし、そもそも効果が弱い。ってことであたしはここに分体を設置した」

「分体……。ですが、なぜこのような狭い鍾乳洞に？　誰かが訪れることなど滅多になさそうですが」

「ここの石筍《せきじゅん》――鍾乳石には、魔力が詰まってる。分体を維持するにも魔力が必要だから、この場所はちょうどいいのさ」

それに、とアレキサンドリア様が付け加えます。

「分体《あたし》はこの鍾乳洞にしかいられないわけじゃない。半径二キロメートルの範囲で〈秩序〉魔術が検知されれば、出現するようになってるんだ。だから遅かれ早かれあんたには会えただろうよ」

「その分体というのが、いまいちよく分からなくて」

「そうだな、知識をまとめた記録媒体――本のようなもの、と思ってもらっていい。ここだけじゃないよ、いろんな場所にあたしの分体はある。どれもみんな、〈秩序〉魔術をきっかけに起動するようにしたんだ」

「なるほど……。ですが、どうしてそこまでして？　書き物に残したり、大聖女様にお伝えしたりするだけではだめだったのでしょうか」

その質問に、アレキサンドリア様は満足げに頷かれました。

「答えは簡単。あたしが受けた呪いは、生まれ変わりを封じるものだけではなかった」

「と言いますと」

「龍にまつわる秘密を誰にも言えなくなる、という呪いも受けてしまっていたんだよ。それをすり抜けるために色々調べたんだが、分体という方式でなら、後世の人間に知識を伝えられることが分かった」

「なるほど。先ほどご自身のことを人形と仰いましたが、それは龍の呪いを掻《か》い潜《くぐ》るためのものでもあったのですね」

「そういうこと」

さて、とアレキサンドリア様は、三つ目のスコーンに取り掛かります。

大量のクロテッドクリームを塗りたくりながら、呟くように言ったのは。

「龍の秘密を考えるにあたって、問題になってくるのは——なぜ、あたしは龍の首を落とせなかったのか？　ということだ」

私は少し考えてから口を開きました。

「あなたほどの方が、技術的な問題で仕損じるとは思えません。何か……剣を振り下ろすのを躊躇《ためら》わせるようなものが、あったのでしょうか？」

「正解だ！　――端的に言えば、その龍は人間の赤子を抱いていた」

「赤ちゃんを……。しかしそれは、誰の」

「分からん。分からんが、その赤子には、黒く滑らかな鱗が生えていた。これが龍の秘密だ」

「黒い鱗……。黒《ノア》の加護を受けた赤子、でしょうか？」

アレキサンドリア様は、我が意を得たりとばかりに頷きます。

「そう、そうだ、龍の野郎が己の加護を与えた存在――。本来であれば、切り伏せるべきだったんだろうけど」

「赤ちゃんを、切り伏せるのは……できませんね」

たとえ、忌まわしい黒い鱗が生えていたとしても。たとえ、龍の仕込んだ明らかな罠であると、分かっていても。

何の罪も重ねていない柔らかな存在を殺すのは、無理です。できません。

「あ、もしかして。その赤ちゃんが、キャンベル家の開祖だったりするのでしょうか……？」

「キャンベル家？」

私は簡単に、ミス・キャンベルのこと、キャンベル家の五人姉妹が、龍の肉体を食べたことなどをお話ししました。

するとアレキサンドリア様は、豪快な笑いをこぼしました。

「十中八九あんたの見立ては正しい。そうかそうかそうきたか、外道な龍めが！　拾った赤子を盾として命を拾い、黒《ノア》の加護を百五十年間与え続けることによって、その一族の肉体を黒《ノア》に馴染ませる」

「そして、自分の体を食べさせて、五人姉妹に黒《ノア》をばらまくようにさせる、ということですね」

「一体ではかなわなかった、ゆえに今回は五体で挑もうという、その心意気は良いんだけどさ。厄介なこともあるもんだ」

アレキサンドリア様は私にスコーンを勧めながら、考え込むように空中を睨みました。

「さて、そうすると——龍の目的は一つに絞られるね」

龍の目的について、アレキサンドリア様は既に感づいていらっしゃるようです。

私は頂いたスコーンを握りしめたまま、身を乗り出して尋ねました。

「お分かりになるのですか？　龍は世界を食らうのが目的と言っていました。けれどその意味が分からなくて、何かヒントになるものはないかと思って、この丘へやってきたのです！」

「これは至極簡単な話だ。龍はその形を失い、五人の娘に分かたれた。単純計算で黒《ノア》を振りまく存在は五倍に増えたわけだが」

アレキサンドリア様は、既に何個めか分からないスコーンを手のひらに乗せ、厳かな口調で仰いました。

「食《く》い扶持《ぶち》も五倍に増えた、ということになる」

「食い扶持――でございますか」

「黒《ノア》とて無尽蔵に増えるわけじゃあない。人の多くいる場所、人の感情がよどむ場所、そういった所からエネルギーを吸い取る必要がある」

「それが以前の五倍必要となりますと、確かに大変そうですね」

「そう。手っ取り早い方法は、人の多い場所を襲い、人を飼うことだろうね。劣悪な環境に置いて、負のエネルギーを吸い取るわけだ」

人の多い場所。とくればもちろん、考えられる場所は一つです。

「首都イスマール……！」

「そうなるだろうな。五人に分かれた龍は、首都イスマールを制圧し、人々を支配下に置き、餌場とするだろう。そうすれば食い扶持は稼げる」

「では首都イスマールは、世界を食らうための前哨戦《ぜんしょうせん》ということですか……！　そのために罪のない人々が狙われるのは許せません。即刻止めなければ」

「どうやって？」

そう切り込まれて、言葉に窮します。どうやって、五人を止めるのか。その方法はまだ思いついていません。

私の表情を見て取ったアレキサンドリア様が、にやりと笑いました。

「――あたしに策がある」

＊

その策を聞かされた私は、思わず唸ってしまいました。

「た、確かに、キャンベル家の方々を一人一人捜し出す手間は省けますが、かなりの博《ばく》打《ち》になりませんでしょうか？」

「こういう害虫はねえ、一か所にまとめて潰すのが結局一番手っ取り早いんだよ。というわけで、あんたに地図を送る」

「地図でございますか」

アレキサンドリア様は、花の香りを嗅ぐような仕草で、空中を撫でました。

ぶわりと青白く浮かび上がるのは、首都イスマールの地図。

赤く輝く点は、アレキサンドリア様の分体がある場所だそうです。

「あたしの分体が存在する場所は、魔力が特別多く溜《た》まっている場所でもある。そこを楔《くさび》にすれば、黒《ノア》を一気に浄化するための結界を構築できるだろう」

「け、結界なんて、作ったことありません！　私はメイドですし、きちんとした教育も受けていませんし」

「じゃあ初挑戦だ！　大丈夫、〈秩序〉魔術ほど難しくないから」

恐ろしいことを仰います。イリヤさんと話が合いそうなお方です。

透明な地図は静かに折りたたまれ、私の体に吸い込まれていきました。紛失の心配はなさそうです。

と、アレキサンドリア様がひくんと肩を震わせました。

不審な音を聞きつけた狼のように、さっと辺りを見回します。

「熊みたいな奴がこちらに近づいているぞ」

「く、熊ですか。〈秩序〉魔術でどうにかなればいいのですが」

「心配するな、あたしが全部やっつけてやるから――と、言いたいところだが」

アレキサンドリア様が呆れたような顔でこちらを見てきます。

「あんたの名前を呼んでるみたいだけど」

「えっ」

「この鍾乳洞って、かなり壁分厚いんだけど……ほら、来るよ」

岩が砕ける物凄い音が、どんどん近づいてきます。地面が揺れ、いくつかの鍾乳石が天井からぼろぼろと剝落しました。

ズガン、ズガァン、と掘削する音に、たまりかねて耳を塞いだ瞬間——。

目の前の石壁が爆発したかのような勢いで吹き飛びました。

アレキサンドリア様が私を引き寄せてくれなかったら、岩のいくつかが当たっていたことでしょう。

(こ、こんな勢いで掘り進むなんて、一体どんな生き物なんでしょう……!?)

粉塵《ふんじん》と、それから岩の欠片《かけら》にまみれ、真っ白になったその生き物は——。

「……リリス？　リリスか!?」

「だ、ダンケルク様!?」

まさかの、ご主人様でありました。

「あたしもいるぞーッ！」

「イリヤさんまで！　一体どうやってここが、」

言いかけた私を、粉塵まみれのダンケルク様が強く強く抱きしめました。

「良かった……！　無事だ、生きてる……ッ」

喉の奥から絞り出すような、悲痛な言葉に、私は言葉を失ってしまいました。

きつく抱きしめられて苦しいはずなのに、それを伝えるのが憚《はばか》られるくらい、ダンケルク様は真剣でした。

抱きしめていないと、私が消えてしまうとでも思っているかのように。

ダンケルク様、と声をかけても返事はありません。ただ大きな犬のように、私の肩口に顔を埋《うず》めて黙りこくっています。

ただ、分厚い手で、何度も何度も私の背中を撫でています。

体温を分け与えるように。――ここにいることを、確かめるように。

「ダンケルク様、あの……ご心配をおかけしました。怪我もないですし、ちゃんと無事です。捜しに来て下さってありがとうございます」

とお声をかけても、頷き返すばかりで返事がありません。

イリヤさんは呆れたような笑みを浮かべます。

「やれやれ、よほど君を失うのが怖かったと見える。あたしが見つけてやるからと言ったのに、信じないんだから」

「イリヤさんが見つけて下さったのですか？」

「ああ。あの滝つぼと川の流れから、君が流れつきそうな場所を逆算して、候補をいくつかピックアップした。その上で〈秩序〉魔術の痕跡を追ったんだよ。あたしが〈秩序〉魔術の痕跡手順を確立しておいてラッキーだったね」

「ありがとうございます……！」

「うん、もっと褒めてくれてもいいんだぞ。まあ、捜すこと自体はそこまで難しくなかったんだが。ダンケルクが狼狽えてな」

イリヤさんが話して下さったところによると、滝つぼに落ちた私を追って、なんとダンケルク様もそこに飛び込まれたそうです！

私と違って泳ぎが達者なダンケルク様でしたが、急流のため私を見つけられず、早々に断念。代わりにイリヤさんの元へ駆けつけ、この辺りで私が流れ着きそうな場所を捜して下さったのだとか。

（そう考えると、やはり私は結構な時間気を失っていたのですね……）

「この鍾乳洞から君の魔術の気配がすると言った途端、止めるのも聞かずに壁を壊し始めてこの有り様だ。壁を破壊せずとも、迂《う》回《かい》する場所はあると言ったんだがね」

「た、大変なご迷惑を……」

「いやいや、迷惑をかけられたのは君だろう。まったく、キャンベル家の奴らときたら、やることが狡《ずる》い！」

「あ、ですが朗報もあるのです！　この鍾乳洞に、大魔女の分体があって――」

私は抱きしめられたまま、苦労して身をよじります。

ですが、アレキサンドリア様のお姿を見つけることはできませんでした。

いつの間に消えてしまわれたのか。あるいは、私しか見ることのできないお方だったのか。

いずれにせよ、ダンケルク様とイリヤさんは、私が一人きりでここにいたと思われているようです。

分体という言葉を聞いたイリヤさんが、目をきらんと輝かせました。

「大魔女の分体？　なんだそれは、胸躍る響きだなあ！」

「はい、今からでもご説明させて頂きますが……」

善は急げと言いますし、イリヤさんの魔術省のお部屋で、分体とそれからアレキサンドリア様の「策」について、お話ししようと思ったのですが。

何しろがっちりと抱きしめられています。森の熊にハグされたらこんな気持ちでしょうか。

「だ……ダンケルク様、その、離して、くださいぃ……！」

「やだ」

ダンケルク様が久しぶりに発したお言葉は、子どものようにいとけないものでした。

「やだと言われましても、大事なお話なんです！」

「嫌だ」

「言い直せばいいというわけではありませんっ」

しかし相手は軍人です。私の抵抗は何の意味もなさず、ダンケルク様の腕から逃れることは叶いませんでした。

それを見たイリヤさんが、珍しく優しいお顔で微笑んでいらっしゃいます。

「まあ、今日ばかりは見逃してやるか。何しろ本当に、見ているこちらが辛くなるくらい、必死に君を捜していたんだから」

「……」

粉塵と岩の欠片にまみれ、美しい銀髪は見る影もありません。よく見れば、手にはあちこちに小さな切り傷があります。装備も土や草にまみれ、ぼろぼろです。

なりふり構わず私を捜して下さったのでしょう。

(ああ、この人を心配させてしまった)

きっとお詫びにはならないでしょうが、私はダンケルク様の背中にそっと手を回して、少しだけ力を込めました。

ここにいます、と伝えるように。

＊

「リリスさああん！　ご無事で良かった、ほんっとうに良かったです……！」

ダンケルク様に伴われて丘の上に戻ると、泣き腫らしたお顔のセラ様と、安堵で緩み切った若旦那が出迎えて下さいました。

「滝つぼに落ちちゃったって聞いて、もうほんとに、だめかと……！　何かあった時に〈治癒〉魔術が使えるよう、ここで待機していたんですけど、嫌な想像ばかりしちゃって、だから本当にご無事で何よりです！」

「ご心配をおかけして申し訳ございません、セラ様。若旦那も」

「うん、うん……。ほんとに、もうだめかと思って……あはは、今頃遅れて手が震えてるや」

無理やり笑みを浮かべる若旦那は、相変わらず私を後ろから抱きしめて離さないダンケルク様の腕を、ぽんぽんと叩きました。

「探した甲斐があったね、ダン」

私の後ろで、ダンケルク様が微かに洟《はな》をすする音がしたのは、聞かなかったことに致しましょう。

「そうです、皆様にお伝えしなければ。私が流された先には洞窟がありまして、そこで何とアレキサンドリア様の分体にお会いしたのです。それで――」

本題に入ろうとしたら、ダンケルク様にぐいと腰を引き寄せられました。

「そこまで。お前もう今日は休め」

「で、ですが、大事なお話なのです」

「大事な話なら尚更《なおさら》だ。疲れている時にするもんじゃない」

感情のこもらない声で淡々と言われ、私は助けを求めるように若旦那の方を見ました。

ですが若旦那もセラ様も、

「そうですね、賛成です」

「滝に落ちたんだろう？　自分が思ってるよりもずっと疲れていると思うよ」

とダンケルク様の味方であるようでした。

皆様に押し切られるようにして馬車に乗り込み、モナード邸に帰ります。

今は一か所に集まって、ミス・キャンベルたちの攻撃に備えた方がいいという考えのもと、セラ様は今日もお泊まりです。セラ様のベッドを整えようとしたら、今日はもう休んで下さいと意外な力で押し戻されました。

自室に戻って着替えると、いつになく重いため息が出てしまいます。

(皆様が仰る通り、疲れているようですね)

滝つぼに落ちて、鍾乳洞に流され、あの大魔女と言葉を交わしたのです。

一介のメイドには、身に余る出来事と言えましょう。

ですから今日は、早く眠れるかと思いきや。

「……逆に目が冴えてしまっていますね」

疲れているのは事実なのですが。アレキサンドリア様とお話ができたことで、突破口が開けたような気分なのです。

色々考えてしまって、ベッドの上で何度も寝返りを打った私は、ついに観念して起き上がりました。

(ハーブティーでも飲めば、眠くなるでしょうか)

そう思って、足音を忍ばせて階下に降りた私は。

暖炉の前に座って、火を見つめながら、微動だにしないダンケルク様のお姿を目にするのです。

私の星

　お顔を上げたダンケルク様の表情は、硬く強張《こわば》っていました。

　ソファではなく、床に座ったまま、じっと火を見つめていたのでしょう。火の名残が翡翠色《ひすいいろ》の目の奥で、ぱちぱちと瞬《また》いています。

「……何か飲まれますか。ハーブティーでも」

「お前と同じものでいい」

　私はキッチンに引っ込んで、お茶のセット一式を持って、ダンケルク様の横に座りました。

　居間の暖炉ですから、お鍋をかけるようにはできていません。なので手のひらに炎を呼んでお湯を沸かしました。

（キッチンでやってくればよかったんでしょうけれど。今のダンケルク様をお一人にしておくのは、忍びないです）

　ダンケルク様は、ハーブティーを淹れる私の手元をじっと見つめていらっしゃいます。

「あの、ダンケルク様。……大丈夫ですか？」

「大丈夫に見えるか」

「僭越ながら、見えません。お茶、こぼさないように持って下さいね」

カップを持たせると、ダンケルク様はそれをすぐ床に置いてしまいました。

そうしてじっと私を見ています。

「……そうご覧になられると、飲みにくいのですが」

「まだ信じられん。お前、本当に生きてるのか」

「生きておりますよ。幽霊がハーブティーを淹れられるなど、聞いたことがありません」

そう返せば、ダンケルク様がおずおずと私に手を伸ばしてきました。

指先がそっと髪先に触れます。

「下ろしてるの、初めて見た。結構長いんだな」

「男性の前ではほどきませんもの」

確かめるように髪を撫でていた手が、そっと頰に触れます。ずっと火に当たっていたとは思えないほど冷え切った指先でした。

手のひらで頰を覆うように撫でられ、私はその手の上に自分の手を重ねました。

「――私はここにいますよ。ご心配をおかけしました」

「……ッ」

ダンケルク様の腕に抱き寄せられ、きつく抱きしめられます。

自慢の銀糸のような髪にはまだ、落としきれなかった砂や岩の欠片が絡みついており、私は指先で丹念に摘み取って差し上げました。

泣いてこそいないようですが、ダンケルク様の押し殺したような吐息は、ともすれば嗚咽《おえつ》に変わってしまいそうな危うさがありました。

「お前が滝つぼに落ちたとき、終わった、と思ったんだ。この高さじゃ助からない、無理だ、と」

低く、絞り出すような声の苦しみに、私はそっと目を閉じます。

きっとそれはとても恐ろしい光景だったでしょう。

「ええ、私もそう思いました」

「お前を守れなかった自分が憎かった。キャンベルの女狐が黒《ノア》を使って、人心を操ることができると分かっていたのに、部下の確認を怠った自分を悔いた」

「……」

「お前が……この世からいなくなってしまったとしても、せめてその亡骸《なきがら》を抱きたくて、夢中で滝つぼに飛び込んだ。本当なら、お前を突き落とした兵士を取り押さえて、尋問すべきなのに」

そう仰いますが、誰もダンケルク様を責められないでしょう。

（落ちたのが、セラ様や、若旦那——ダンケルク様だったら、きっと私も同じように行

動したでしょうね）

「――でもお前は、見つからなくて。イリヤが〈秩序〉魔術の痕跡を追う手法を確立していたのを思い出して、あいつの研究室に飛び込んだ」

「それで、私を見つけて下さったんですね」

「イリヤを引きずってあの丘に戻るまで、俺はお前が死んだと思った。あの時油断してお前から離れたことを、ずっと後悔していた。けどあの丘でイリヤは言った。『〈秩序〉魔術が使用されたのは、ほんの数十分前だ。リリスはまだ生きている』と」

「それで、壁を壊してあの鍾乳洞へ来て下さったのですね」

「生きてるお前を見た時、自分の目が信じられなかった。今でもまだ信じられていない」

あのお顔を拝見するに、その言葉は真実なのでしょう。

「それは困りました。ダンケルク様が抱いているのが幽霊ではないと、証明しなければなりませんね」

私はダンケルク様の腕の中で身をよじり、そのお顔に手を添えます。げっそりとしていても、憎たらしくなるほど綺麗なお顔です。

けれどその目はまだ昏《くら》く、翡翠の輝きを取り戻すには至っていません。

私はダンケルク様を抱きしめました。

「私はここにおります、ダンケルク様。そんなお顔をなさらないで」

腕の中でダンケルク様が小さく息を吐くのが分かりました。大丈夫、大丈夫と唱えながらしばらく背中をさすっていると、やがてダンケルク様の太い指先が、強く私の腕を掴みます。

顔を上げたダンケルク様は、どこか悪戯っぽい顔で仰いました。

「本当に幽霊じゃないのなら——俺にキスできるか？」

「キス」

馬鹿みたいにその言葉を繰り返した私は、思わずダンケルク様の唇を見てしまいました。キス。キスというのはあの、思い人同士が唇を寄せあう、あの——。

途端に顔が赤くなるのを感じました。模擬戦闘の日、ダンケルク様から思いを告げられた時に受けたキスを、思い出してしまったせいです！

目を合わせるのも気恥ずかしくて逃げようとするのですが、ダンケルク様は私の腕を掴んで離しません。どこか嬉しそうな様子で、

「唇じゃなくても良いぞ。頬でも、手でも、額でも」

と譲歩の姿勢を見せますが、私にとってはどこも一緒です。

（だって、ダンケルク様は私のことが好きだと仰っているのですよ。あんな顔で私を捜して下さって、私がいないだけでこんな風になってしまう人に、キスなんて）

ああ、往生際が悪いことは認めます。ただ唇を触れるだけの行為に、それ以上の意味を見出《みいだ》そうとしているのは私の方だと、もう気づいているのにも拘わらず、悪あがきをしているのですから。

私は後ずさりします。背中がソファに当たり、慌ててその上に逃げると、ダンケルク様もすぐに追いかけていらっしゃいました。その目の中にもう陰りはありません。私の腰にするりと腕を回し、僅かな距離も惜しいとばかりに、顔を近づけます。

「さあ、どこでも構わないぞ」

「……っ」

もうやけくそです。私は目を閉じ、ダンケルク様の頬目指して唇を寄せました。唇に、柔らかくて冷たい感触。慌てて身を離すと、ダンケルク様の匂いを感じます。ダンケルク様はにやにやと笑いながら、自分の頬をさすっています。

「なるほど。幽霊ではなさそうだ」

「で、でも、勘違いなさらないで下さい。私はまだ若旦那のことが好きなんですからね！」

照れ隠しに叫べば、ダンケルク様の顔が微かに陰ります。ソファの背もたれに頬杖《ほおづえ》をつき、すねたように私の髪先をいじりながらぼやきます。

「キスの後に、他の男が好きだと叫ばれるのも、新鮮な体験だな。どうしてまだあいつのことが好きなんだ」

「どうして、と言われましても……。星はそう簡単に嫌いになれるものではないでしょう」

「星？」

しまった、と思いました。笑われるかもしれません。

ですがダンケルク様は、じいっと私の顔を見つめて、無言で続きを促してきます。

「……笑わないですか？」

「笑わない。大魔女の名に誓って笑わない。この心臓と家名とそれから勲章と、」

「そ、そこまでしなくても……あの、よく言うじゃないですか？　好きな人のことを、その、太陽のようだとか」

「まあ、使い古された表現ではあるがな」

「それでですね、私にとっての若旦那が、星なんです」

太陽のようだと言えなくもありません。

若旦那が笑って下さると、本当に心の底から気持ちが温かくなりますから。

けれど太陽は、夜になったら隠れてしまいます。

「道に迷ったとき、航路を失ったとき、人々は空の星を見上げて自分の行先《いきさき》を決めますでしょう？　私にとって若旦那は、そんな存在なのです。何か辛いことがあったとき、自暴自棄になりたくなったときでも、若旦那が示す方向に行けば間違いはないと信じています」

「……まあ、あいつは良い奴だからな」

「はい。いつも他人のことを考え、相手を慈しみ、己の力を全部他人のために使う――。そういう人間になりたいと思っていれば、きっと、道を踏み外すことはないでしょう？」

実際にそうなれているかはまた別の話ですが。

「いつも若旦那の方を見て、行動していれば、善い人間になれるような気がする。そういう意味で、若旦那は私の星なのです」

「なるほどな。その理論でいくと、俺はお前の星にはなれそうもない」

「勝手になられても困ります」

「だろう？　それに、星じゃあ都合が悪い。お前に見上げられるだけで、隣に並び立つことができないんじゃあ、星になったってなんの意味もないだろ」

その言葉を聞いて、ああ、と思いました。

（この方は、星のもう一つの意味を分かっていらっしゃる）

星は道しるべであり、そして永遠に手の届かないものです。

満天を覆いつくす輝きは、地を這う人間には与えられないもの。

私は若旦那をお慕いしている。

けれど最初から、若旦那の恋人になろうとは、考えてもいなかったのです。もちろん夢に見ることはありましたが、それはあくまで夢の話。

(だって、きっと私では、若旦那を幸せにして差し上げられないから)

もちろん私の身分では不相応だということもありますが。

何より、ここ最近の若旦那の優しそうな、楽しそうな表情は、全てセラ様と一緒にいるときのものです。

私と一緒の時に、あんなお顔はなさらなかった。

あんなに弾んで、生き生きとした喋り方はなさらなかった。

(それを妬んだり、悔やんだりするつもりはないのですが——。ああ、何と言ったらよいのでしょうね?)

「……まだ辛いか」

ダンケルク様の問いが何を指しているか、すぐに分かりました。

「セラ様と若旦那が一緒にいらっしゃるところを見るのが——ですか?」

「そうだ」

「辛くない、と言えば嘘になりますが。嬉しくないと言っても嘘になりますね」

「何だそれは」

「セラ様はきっと若旦那を幸せにしてくださるでしょう。それが私でないのは辛いです。けれど、若旦那の前にそういう人が現れたことは、嬉しいです。それがセラ様であることも、きっと嬉しい」

「俺はとてもじゃないがそんなふうには思えん。お前の考えを立派とは思うが、真似はできないな」

立派でしょうか？　いいえ、これは立派であるとかそうでないとか、そういう話ではありません。

「私は長い間若旦那とご一緒してきました。きっと私の一部はもう、若旦那そのものなのです。——だからきっと、若旦那の幸せは、ほんの少しだけ私のものなのでしょう」

「そうすると俺は、お前と一緒にウィルも愛さなければならないことになるが」

「そういうことですよ。私を愛して下さるということは」

我ながらなんて大胆な。どこかの三文小説のセリフのようです。

ですが、ダンケルク様は何かに気づいたように目を見開きました。じっと私の目の奥を見つめています。

「……なるほどな。お前の星ごと、か」

そう言いながら顔を近づけてきます。さりげなく身をかわしながら、

「もう私が幽霊でないということは証明できたでしょう？」

と言うと、往生際の悪いダンケルク様はこう仰いました。
「お休みのキスが必要な時間だとは思わないか？」
そうして私の額に唇を落とすと、心底嬉しそうに笑みを浮かべられるものですから
──。不覚にも、少しだけときめいてしまいました。

色男と鈍感娘

一夜明けて、朝の早い内から馬車で魔術省に向かいます。

アレキサンドリア様から授けられた策を、皆様にご説明しなければなりません。ちなみにダンケルク様は、首都の防御強化のためとかで、夜も明けきらぬうちに忙しく屋敷を出て行かれました。

魔術省では、イリヤさんをはじめとした技官の方々が、忙しそうに立ち働いていらっしゃいました。

イリヤさんの格好を見た感じ、昨日からずっと働きづめのようです。

目はきらきらしていらっしゃいますので、大丈夫そうですが。

「いやはや、急に忙しくなってね！　君が昨日『大魔女』から貰《もら》った地図、あるだろう？　昨日急いで写させてもらったやつ」

「はい。大魔女さまの分体がある場所ですね」

アレキサンドリア様から頂いた地図は、私の体から離れられないようで、昨日イリヤさんは急いでそれを書き写していらっしゃったのです。

「ああ。実際そこに人をやってみたんだが――黒《ノア》の反応があった。一部の兵士は心を黒《ノア》に蝕まれている。あとで君に治療してもらう必要があるな」

「それはもう、今すぐにでも。ですが、どうして『大魔女』の分体に、黒《ノア》の反応が？

まさか分体が壊されたとか」

「いや、その心配はなさそうだ。そもそも分体は、君の〈秩序〉魔術によって初めて起動するわけだからな。それがなければ、ただの魔術の仕掛けにすぎん」

続けてイリヤさんは仰いました。

「『大魔女』が分体を配置した場所は、都市の中でも最も魔力が高い場所だ。そうしなければ仕掛けを維持できんからな」

「なるほど。そういう場所でなければ、分体が消えてしまうというわけですね」

「ああ。そしてその理屈は黒《ノア》も同じことだ」

まさか、と私が呟くと、イリヤさんは深く頷かれました。

「龍はこの都市に結界を張り、黒《ノア》をばらまこうとしている」

「……アレキサンドリア様と考えは同じ、ということですか」

「君は昨日言っていたな。『大魔女』が君に策を授けたと」

私は頷き、アレキサンドリア様から授かったアイディアをお伝えしました。

「龍は首都を狙い、人々の負の感情を餌に、黒《ノア》をばらまき続け、己にとって居心地の良い場所を作り上げるでしょう。ですから、その瞬間を待てばよいのです」

「その瞬間、というと」

「龍をあえて泳がせ、首都を征服したと思わせる——そこを、アレキサンドリア様の分体を楔として作り上げた結界で、一網打尽にする。それが『大魔女』の考えた策です」

きょとんとするイリヤさん。その顔がみるみるうちに笑みに染まっていきます。

「あっはははは！　要するにこの都市と人命を囮《おとり》に暴虐な龍を釣り上げるというわけか。なんともはや、大胆不敵で傲岸不遜な作戦だ！　いかにも世紀の『大魔女』らしい！」

「ですが、理にかなっているとは思うのです。例えば屋根裏を片づけるとき、あちこちでムカデやヤスデなんかが出てきますでしょう。そういう害虫は、見つけるたびに潰すより、一か所に集めておいて、燃やすなり鳥の餌にするなりした方が楽ですもの」

「一介のメイドと希代の大魔術師が、同じ結論に達するとはね。合理性に祝杯だ」

「それに、私たちは今、龍たちがどこに潜伏しているか、全く分かっていません」

そう、ミス・キャンベルをはじめとした龍たちは、私たちに勝手に接近するくせに、自分たちの尻尾は決して摑ませないのです。

「確かに君の言う通りだ。君を突き落とした兵士も、一体自分がどこで黒《ノア》を埋め込まれたのか、全く記憶にないらしい」

「こちらから追っても良いですが、それよりはあちらからお出で頂いた方が、手間が省けるかと」

「その点は全く同意だ。来ると分かっているのなら、対処の仕様はあるからな」

それに、とイリヤさんは、簡易〈秩序〉魔術展開用の羊皮紙を取り出し、目の前でひらひらと振ります。

「君とあたしで作ったこの簡易版。一時的に黒《ノァ》を退ける役目は果たすが、完璧に追い払うことはできない。黒《ノァ》を消滅させられるのは君の〈秩序〉魔術のみだ」

「はい。龍が五人——五体に分かれているのに対し、いくら援護を頂いたとしても、私はただ一人きりです」

「だが『大魔女』の作戦ならば、その弱点もカバーできる。龍どもを五人一列に並べて、一気呵成《いっきかせい》に畳みかければよいわけだからな」

イリヤさんはしばらく空中を睨んでいました。

その小さな頭蓋骨の中では、凄まじい勢いで作戦の成功率が計算されているのでしょう。

「……ダンケルクはもう来ているな？　兵士を大規模に動かす必要がある。国王陛下にも上申せにゃあならんし、簡易〈秩序〉魔術の用意も急がせねば」

「はい。それに私もセラ様と練習しなければ」

「練習？」

「ええ。どうしても〈秩序〉魔術ばかりが注目されてしまいますが、アレキサンドリア様の魔術は全て『大聖女』様の援護があったものだということを、忘れてはいけません」

〈治癒〉魔術。それは傷ついた者を癒《いや》すための魔術なのですが、その理屈は「人が元々持っている治癒能力を活性化させる」というものです。

セラ様ほどの〈治癒〉魔術の使い手であれば、〈秩序〉魔術もその恩恵に与ることができるのです。

ちなみに若旦那の〈治癒〉魔術は、セラ様のものとは少し性質が異なるため、同じことはできないでしょう。

「私もセラ様と協力し、威力の高い〈秩序〉魔術を使えるように練習する必要があります」

「そうだな。その援護があれば、結界展開の魔術機構を編み出すことも可能になる」

「結界の方は……正直、まだ自信がありません」

「大丈夫！　あたしは魔術のプロだ、そのあたしがついているのだから、不可能なことはない！」

頼もしいお言葉に、緊張が少しだけ緩むのを感じます。

イリヤさんはいつだって猪突猛進《ちょとつもうしん》で、お部屋をすぐに散らかすマッドサイエンティストではありますが、彼女が俯いているところを見たことがありません。

セラ様とはまた違った意味で、前向きにさせて下さる方です。

「結界についての基本的な骨組みはあたしの方で作成しよう。君はそこに〈秩序〉魔術の要素を加えてくれればよい」

「分かりました。頑張ります！」

「うむ！　さあて忙しくなるぞう！」

そう言って舌なめずりしながら、イリヤさんは通りすがりの技官の方に指示を出し始めました。

それから一時間も経たないうちに、魔術省にいらっしゃったセラ様と、医務室で落ち合いました。

「はいっ、わたしとリリスさんの協力魔術の特訓、ですね！」

鼻息を荒くしたセラ様は、目の前のベッドに縛り付けられた兵士の方々を見やります。

彼らは黒《ノア》に汚染されてしまった人々です。

ミス・キャンベルの毒牙にかかって、スパイまがいのことをさせられたり、黒《ノア》の反応に触れてしまったりした方々。

数はざっと五十人ほどでしょうか。

一番強く汚染されてしまった人の体からは、まるで煙のようにじわじわと黒《ノア》が漏れ出ていい、医務室の天井を汚しています。

常人であれば怯むような光景でも、セラ様は顔色一つ変えていません。さすがです。

「わたしも一人で練習してみたんです。『大聖女』ほどはうまくリリスさんをサポートできないかもしれませんけど」

「そんなことはありません。私一人で五体に分かれた龍を相手にするなんて、そんなことは不可能です。セラ様のお力添えがなければ」

「ふふ。リリスさんに頼られるのって、なんだかこう、良いですね。ダンケルクさんに自慢しよっと」

そう仰いながら、一つ目のベッドに向かわれるセラ様。

「さっ、行きますよリリスさん！」

「はい！」

そうして私たちは、医務室の人々を相手に様々な組み合わせを試してみました。

というと、黒《ノア》の被害にあった方々を実験台のように扱っていると思われるかもしれませんが――。

正直に申し上げて、良い練習台であったことは否めません。

〈秩序〉魔術の出力。セラ様とのタイミングの合わせ方。黒《ノア》を効率的に駆逐する方法。様々なことを試し、改善し、次へと繋げることができました。

全ての人を治療し、黒《ノア》を完全に医務室から追い払う頃には、黒《ノア》の性質がだいぶ分かってきました。

「これは寄生虫のようなものなんですね。黒《ノア》が宿った人間は、黒《ノア》の温床となって、その感情と体を蝕まれる」

「確かに。アレキサンドリア様が、龍は人間の負の感情を食べて生きている、ゆえに人の多い首都を狙うと仰っていました。人間は良い宿主なのでしょう」

「黒《ノア》を追い払ったあとの人は、少し衰弱してるみたいです。ここでもわたしの〈治癒〉魔術が活《い》かせそう！　ウィルさんにも活躍してもらわなきゃですね」

セラ様は今、若旦那を名前でお呼びになりました。前はグラットンさんだったのに。

私が気づいたことにセラ様も気づいたのでしょう。

海のように青い目を持つ素敵な人は、はにかみながら、

「リリスさんが滝つぼに落ちちゃって、取り乱すわたしを、ウィルさんがとても親身に慰めて下さったんです。きっとウィルさんも辛かったのに」

と打ち明けて下さいました。私は笑みを作りながら頷きます。

「若旦那はお優しい方ですから」

「ええ、本当に」

そう言って微笑むセラ様のお顔は、優しくて、少し恥ずかしそうで、それでいてとても美しくて。

（ああ、かなわない）

きっとこのお二人は結ばれるだろうという、温かくも悲しい予感がありました。

祝福すべきことなのに。愛すべきことなのに。

ダンケルク様の前では、物分かりがいいようなことを言ったけれど、私の恋心の残滓が悲鳴を上げているのが分かります。

目の前で繰り広げられる恋が完璧であればあるほど、美しければ美しいほど、ちっぽけな思いがぎゅうぎゅうに締めあげられるようで。

どんなに吹っ切れたつもりでも、この失恋というやつは、相変わらず内側からこの心を引き裂くようです。

（でも、慣れなければ。お幸せにと言わなければ。泣くのはいつだってできるのだから）

歯を食いしばるのには慣れています。私は努めて笑顔を浮かべました。

「私、セラ様と若旦那は、お似合いだと思いますよ」

＊

「バーカ」

「うっ、そ、そんな仰り方はないでしょう」

何かあったか、とダンケルク様に尋ねられ、先ほどのセラ様との会話をお話ししたら、この言われよう。ひどいです。

昼夜問わず開店している魔術省の食堂。私とダンケルク様はそこで、遅い夕飯――というよりもはや夜食――を頂いていました。

私は〈秩序〉魔術の研究で。軍人であるダンケルク様は言わずもがなで、二人とも泊まり込みなのです。

黒檀《こくたん》のテーブルに広がっているのは、ワインとチーズと黒パンに、ちょっとした果物。夜食としては十分です。

「なんか暗い顔してるなと思ったら。自分で恋敵に『お似合い』なんて言ってどうすんだバーカ」

「う、だからその、バーカって言うの、やめて下さいませんか……。自分が一番よく分かっているので……」

「――でもお前、嫉妬とかしないんだな」

嫉妬。

その言葉の意味を考えながら、黒パンにオリーブオイルを浸して口に運びます。

「嫉妬というのは……セラ様になりたいと考えるようなことでしょうか？」

「あるいは、ウィルにセラ殿はふさわしくない、と考えるか」

「それは、ないですね」

きっぱりと言い放てば、ダンケルク様は少し拍子抜けしたようなお顔をなさいました。

こうして見ると、ダンケルク様は結構表情が豊かでいらっしゃいます。

「セラ様になりたいかと言われれば、もちろんあんな素敵な人になってみたいとは思います。あの透き通った金髪には憧れますし……ですが、歩んだ道が違いすぎます。尊敬はしていますが、セラ様と全く同じになりたいとは思いませんね」

「ほう？　んじゃ、ウィルにセラ殿はふさわしくない、とも思わないのか」

「逆に聞きますが、ダンケルク様。あれほどお似合いな恋人が他にいるでしょうか？」

ダンケルク様は様子を窺うように私の顔を見つめていました。

そうして、眉を少しだけ下げ、肩をすくめます。

「分からんな。俺とお前なら、ベストカップル間違いなしだが」

「それはまあとりあえず置いておいてですね」

「置くな。とりあえず置くな。正直ウィルの恋路より大事な話だと思うんだが？」

「今は別の話をしているので。とにかく、セラ様になりたいとか、ふさわしくないとか、そういうのは考えたことないですね」

「そうか」

ダンケルク様はワインを飲み干されました。

「ま、なら安心したよ。お前なら黒《ノァ》に呑み込まれる心配もあるまい。俺とは違ってな」

「そんな心配をされていたんですか？」

「そりゃそうだ。お前が黒《ノァ》に呑まれたら、誰がそれを追い払ってやればいいんだ？」

「た、確かに」

そこまで考えていらっしゃったとは。やはり軍人の方は違います。

軍服の上着を羽織ったダンケルク様は、残ったりんごを口の中に放り込みながら、慌ただしく立ち上がります。

「悪い、そろそろ軍議の時間だから行く。お前今日は家に帰るか」

「いえ、セラ様と一緒にここに泊まらせて頂くことになりました」

「それが安全だろう。──ああそうだ」

去り際に、ダンケルク様はつと私の髪に触れました。慈しむように、指先でそっと撫ぜます。

「俺は金髪よりも、黒髪の方が好きだぞ。品が良いし、賢く見えるし、何より気高い夜の色だ」

「へ……」

「あの時は見損ねたが、白いシーツの上に広がるところなんか、さぞかし綺麗なんだろうな。――ではまた」

ひらりと手を振って、ダンケルク様は食堂を後になさいます。

残されたのは、顔を赤くした私一人きり。どんどん顔が熱くなってゆくのが分かります。

（あ、あの時って……！　ダンケルク様のご両親がいらして、私が酔っぱらって、い、一緒のベッドで寝た時の……）

思い出すだけで顔から火が出そうなあの時の記憶。

けれど、どうしてでしょう。

やけに思い出されるのは、私の失態よりも、ダンケルク様のお顔の整っていることや、その腕の温かさや、匂いばかりで――。

（不意打ちは、ずるいでしょう……）

私は自分のご主人様が、世に名の知れた色男であったことを、ようやく思い出したのでした。

婚約破棄（偽）

アレキサンドリア様の分体は、首都イスマールに全部で八つ置かれていました。

「なるほど、確かに魔力の流れが豊かな場所に、分体が置かれているようですね」

「はい。『大魔女』はこういう仕掛けを考え出すのがとっても上手かったんです。でも『大聖女』にも知らされてないなんて」

少しむくれたようなセラ様――いえ、『大聖女』様は、目の前に佇んで苦笑しているアレキサンドリア様をねめつけます。

もちろんこのアレキサンドリア様は分体です。本物ではありません。

それでも『大聖女』様の生まれ変わりであるセラ様は、思うところがあるようで。

「そんな顔するなよ。言えなかったんだから仕方がないだろう」

「あなたはいっつも一人で全部済ませちゃうんですから。でも――生まれ変わっても、こうやって助けてくれるのは、嬉しいです」

「でしょ？　あたしはいつだってあんたを喜ばせるのが上手いんだ」

ニカッと得意げに笑ったアレキサンドリア様は、さて、と私の方に向き直ります。

「別の分体とは既に情報共有できている。あたしの分体を楔として結界を展開、首都に龍を閉じ込め撃破する……という作戦方針に変わりはないね？」

「はい。準備はつつがなく進んでいます。――問題はタイミングですね」

イリヤさんや、魔術省の方々のお力添えもあって、結界展開の術式のめどは立っていました。

〈秩序〉魔術を扱う以上、私が主体となって結界を展開するわけなので、難しい箇所はまだまだ山積みですが――。

何も分からないよりは、片づけるべき課題が見えていた方が、いくらか気が楽です。

「うん。何しろ相手は五体もいる。一体でも取りこぼしたら面倒だ。あたしは分体だから〈秩序〉魔術を使うことはできないし」

本当に〈秩序〉魔術を使えるのは、私一人のようです。

荷が勝ちすぎている自覚はありますが、分体とはいえアレキサンドリア様からご助言を頂くことができるのです。

それにセラ様やイリヤさんもいて下さる。一人ではないのです。

アレキサンドリア様は、何か考え込むように宙を睨んでいます。

その唇が、優雅な弧を描いて歪みました。

「機を制するものが勝つ。手をこまねいて待つよりかは、こちらから打って出た方が良いだろう」

「イリヤさんも同じことを仰っていました。でも、どうすれば先手を打てるのか……」

「囮を用意する」

「ですが、この場合一体何が囮になるというのでしょうか」

にんまり笑ったアレキサンドリア様は、びしっ！　と私を指さします。

「あんただよ、リリス。龍どもにとってあんたは目の上のたんこぶ、喉から手が出るほど殺したい存在！」

「だ、だめです！　囮なんて危なすぎます！　それでなくてもこの間は滝つぼに落とされて、わたしたち、死ぬほど心配したんですからね⁉」

意外な強さでセラ様が反論するのに、アレキサンドリア様はにまにまと不敵な笑みを崩しません。

「何もその身を危険にさらす必要はない。――あんたが孤立する『ふり』をしてやればいい」

「孤立するふり、ですか」

「国王陛下に無礼なこと言っちゃったとか、晩餐会に狼の群れを放ったとか、そういうことをすれば簡単に孤立できる。保証しよう」

「もうっ、リリスさんをそそのかさないで！　それはサンドラが実際にやったことでしょ！　しかもその尻拭いしたの『大聖女《わたし》』ですし！」

「あっははは」

「笑ってごまかさなーい！」

ぷりぷりしているセラ様も可愛らしいです。

（でも、そうですね。孤立するふりというのであれば、私には格好の名目があるかもしれません）

*

「婚約破棄ィ⁉」

ダンケルク様がとんでもない大声を上げました。横で若旦那が苦笑していらっしゃいます。

ここはモナード家の居間です。三人が集まるのは少し久しぶりかもしれません。

「はい。ダンケルク様と婚約破棄をした、という噂を広めれば、私は孤立して狙いやすくなると思うのです」

「なるほど？　『大魔女』の作戦は、リリスを孤立させてそこを狙わせ、龍たちを一気に囲い込む――。なかなか攻撃的な作戦だ」

「はい。そもそも私のような身分の人間が、魔術省に大手を振って出入りできているのは『ダンケルク様の婚約者』という肩書があったからです。これを捨てれば、私は孤立します」

「別に魔術省は、そこまで身分にうるさい所ではないけれど……。うん、そうだね。君が魔術省で自由にやれているのは、ダンの後ろ盾があるからだ」

若旦那はいつになくきっぱりと仰いました。

そうなのです。いくらグラットン家で長い間メイドを務めていたとしても、私は孤児です。どこの馬の骨とも知れない女を、やすやすと受け入れるほど、魔術省は間抜けの集まりではありません。

モナード家の次期当主である、ダンケルク様の婚約者。

その位置にいたからこそ、私はイリヤさんのお部屋に気軽に入ることができ、技官の方々とも対等にお話ができたのです。

ダンケルク様は苛立《いらだ》ったように両手を広げ、叫びます。

「でもそれは最初だけのことだ。リリスは自分の実力でイリヤと渡り合い、居場所を作った。何しろたった一人の〈秩序〉魔術の使い手だぞ？」

「そうだろうとも。でもね、リリスの実力が本物であればあるほど、気に食わない家はたくさんあるよ。例えば自分の家の娘を君に嫁がせようとしていた某侯爵とか某伯爵とか某将軍とか」

「くだらない！　どの家の娘も、やれ裁縫だピアノだ歌だとそればかりで、何の面白みもないふにゃふにゃのコットンキャンディーみたいだ！」

「おや、やけにこき下ろすじゃないか？　女性はみな花だと謳って、浮名を流していた君なのに？」

「そういうお前はやけに絡むじゃないか？」

「だって、リリスの言っていることは理にかなっているからね。孤立するという目的を達成するのには、婚約破棄が一番適している」

それに、と若旦那は小首を傾げます。

「元々君たちの婚約は、見せかけだったんだろう？　ダンの母君が心配するし、何かと便利だから——そういう理由で作られた、フェイクなんだろう？」

「ええと、それは——」

「いや、フェイクなんかじゃない」

ダンケルク様はきっぱりと仰います。

ぎらりと緑色の目が輝きます。獰猛《どうもう》な獣のように。

「俺はリリスを婚約者に——俺の嫁に迎えたいと思っている。本気だぞ」

まるで若旦那に宣戦布告するように言い放ったダンケルク様。

その真剣なお顔が少しだけ緩みます。

「だがまあ、リリスにも選ぶ権利はあるし、そもそも今は龍退治に忙しい。返事は待つつもりだ」

「……なるほど？　君が本気なのはよく分かった。婚約破棄って言ったとき、やけに嫌そうな顔をするから、どうしてかなあと思っていたんだ」

苦笑する若旦那は、確認するように私の顔をご覧になります。

澄んだ紅茶色の瞳を、こんなにじっくりと見つめたのは、いつぶりでしょう。

少し前までは、こんなふうに見つめられたら、少しドキドキしていたものですが。

なぜか心は凪《な》いでいます。それでいて安心できるようなこの気持ちは、ついぞ抱いたことのないもので。

（無礼な考えではありますが、もしかしたらこれが、家族に対する気持ちなのかもしれません）

「リリス。君は僕と長い間一緒にいてくれた。君の性格もちょっとは分かってるつもりだ。……僕や、グラットン家や、その他諸々《たもろもろ》面倒なことが、嫌でも君の判断を惑わせるだろう」

「惑わせる……？」

「君は頭が良いからね。皆が満足するような選択肢を自然に選んでしまうだろう。君の望むと望まざるとに拘わらず」

だからね、と若旦那は念押しするように仰いました。

「君は自分の望みがなんであるのか、よく気を付けて見極めなきゃいけないよ。自分のやりたいようにやって良いんだからね」

「……はい」

「ちなみに相手がダンだろうとそうじゃなかろうと、持参金の心配はしなくていいからね？　実は僕の母さんと父さんが、君の嫁入り用にいくらか用意していてねえ」

「こらこらこら。リリスの相手は俺！　俺しかいないから！　というか持参金とかも考えなくていいから！」

「おや、返事を待つんじゃなかったのかな」

「返事は待つがその間に俺を売り込まないとは言ってない」

言い放ったダンケルク様は、私の横にどすんと腰掛けます。

「お前が望むなら婚約破棄したという噂は流してやる。だがきっと嫌な目にあうぞ。酷《ひど》いことを言われるだろうし、されるだろう」

「その点はイリヤさんも考えて下さっていて、私はイリヤさんの別宅で過ごさせて頂くことになります。基本的にはイリヤさんと一緒に行動させて頂きますし、護衛もつけて下さるそうで」

「まあ、あいつの預かりなら、一番信頼できるか。いやいやしかし……」

何といってもイリヤさんは超がつくほどの名家のご出身で、お家もとっても広く、護衛の兵士の方が何人いても邪魔になることはありません。

そう申し上げると、ダンケルク様はいら立ったように髪をかき上げました。

「しかしなあ……！　この間みたいに黒《ノア》に汚染されたやつが、またお前を狙うかもしれない。今度は暖炉の中に突き飛ばされた、なんて知らせは聞きたくないぞ！」

するると、若旦那が鞄《かばん》をごそごそやりながら、企《たくら》み顔でこちらを見てきました。

「ふふふ。こんなこともあろうかと、僕たちも考えたんだよ」

若旦那が手のひらに乗せて差し出してきたのは、一つのブローチでした。

「セラと僕で君のために作ったんだ。〈治癒〉魔術の技術の粋を込めたブローチ。身に着けた人間が負傷した瞬間、治癒を開始する」

「すごい……。〈治癒〉魔術のことには詳しくありませんが、物凄く精緻な術式であることは分かります！」

「これなら暖炉に突き飛ばされても大丈夫。火傷《やけど》くらいなら一瞬だよ。多分頭の骨が砕けても三十秒くらいで治るんじゃないかな。五回まで使えるからちゃんと身に着けておくように」

「あ、頭の骨が砕けるようなことにはなりたくないですが……。でも、ありがとうございます。百人力です」

若旦那が、その太い指を器用に操って、私の胸元にブローチを着けて下さいました。

視界の端でダンケルク様が何かないかと懐を探りまくっているのを尻目にお礼を申し上げると、若旦那はへらりと笑いました。

「僕にはこのくらいしかできないから……。困ったらいつでもうちに駆け込んでくるんだよ。いいね？」

「はい……！」

私のために作って下さったブローチ。

お二人のお気遣いを嬉しく思いながら、肌身離さず持ち歩くことを誓いました。

ちなみにダンケルク様は、ポケットを探っても何もなかったのか、軍服の胸の徽章をむしり取って私に下さろうとなさったので、若旦那と二人で止めました。

＊

「戸締りも問題なし、防犯用の結界も張った、と。そろそろ休みましょうか」

ここは街中にあるイリヤさんの別邸です。

別邸といっても部屋が三つもあり、私一人には余る広さなのですが、気前よく使わせて頂いています。

簡素な部屋で寝泊まりしていると、かつて私がグラットン家のメイドであったことを思い出し、懐かしい気持ちになります。

（グラットン家で粗末な扱いをされていたわけではないのですが。私はメイドであって、家族ではありませんでしたからね）

若旦那をはじめとするグラットン家の方々は、私にとてもよくして下さいます。一度だって横柄な態度を取られたことはないですし、教育も受けさせて頂きました。なのでこれは私の気持ちの問題なのでしょう。

私だけが一人でずっと、メイドだからと線引きをしていたのです。

（今なら分かります。……怖かったのですね。家族だと思える人を作ることが。その温かさを知ってしまうことが）

何にも持っていない一人ぼっちの娘が、なまじ人と一緒に過ごす楽しさを知ってしまえば、次が欲しくなるでしょう。どんどん求めてしまうでしょう。

それをかつての私は本能的に恐れていたのです。恐れているだけでは何もできないのだと、最近ようやく気づきました。

寝室に入り、スリッパを脱いでベッドに上がります。

そうしていそいそと開いたのは——ダンケルク様からのお手紙でした。

ダンケルク様が私との婚約を破棄したという話が知れ渡ってから、もう二週間。

目論見《もくろみ》通り、私は孤立しています。

元々大して人付き合いもありませんでしたが、話しかけてくる人は皆無になりました。技官の方々は相変わらず私と会話しますが、必要最低限のことだけ。

かつてのように、夕食に誘ったり、晩餐会の招待状を頂いたりすることはなくなりました。

その代わり、知らない男性からお声かけ頂くことが増えました。

気さくに話しかけて下さるのですが、そのたびにイリヤさんや、護衛の方に追い払われています。

魔術省でダンケルク様とお会いすることもなくなりました。

今日だって、演技派の元ご主人様は、私を見るなり不愉快そうに眉を上げ、くるりと踵《きびす》を返《かえ》して立ち去る、なんてことをなさいましたが。

（その後にこうしてお手紙を下さるあたり、優しい方です）

手紙を開くと、びっしりと言葉のつづられた紙が五枚、ぎちぎちに折りたたまれて入っていました。道理で分厚いと思ったのです。

ダンケルク様からのお手紙は、初めてではありません。

若旦那に宛てたお手紙の中で、私に言及されている箇所を読ませて頂くことはありましたから、筆跡は見慣れていました。

けれど、この内容は初めて見るものです。

私を無視したことへの謝罪。私がいかに美しいか、どれだけ私を愛しているかを証明するための言葉の数々。

会えなくて寂しい気持ち。会えない間に、誰か他の男にとられてしまうのではという焦りと怒り。などなどなど。

（教科書に載せたいくらい模範的なラブレターですね……）

照れたり喜んだりする前に、まず感心してしまいます。お忙しい中でここまでたくさん書いて下さるなんて。

心の中がぽかぽかと温まったような、そんな気持ちになりながら手紙を丁寧に畳み、サイドボードに置きました。

知らない匂いのする布団に潜り込みながら、ふとモナード邸のことを考えます。

（そういえば、お家の掃除はどうしていらっしゃるのでしょうか。確か私が働く前のモナード邸は、とんでもない有り様だったような……）

物が散らかり、着たものや食べたものがそのまま放置されていたモナード邸。

加えて若旦那とダンケルク様は、お世辞にも綺麗好きとは言えません。

果たしてセラ様をお呼びできる環境になっているのでしょうか。なっていないでしょうね。

〈掃除に行きたいですが、婚約破棄された身でお家に上がるのも不自然ですし……！　あっそうだ、簡易〈秩序〉魔術の羊皮紙を使えば、少しくらいは整頓できるのではないでしょうか？〉

そう考え、私は数枚の簡易〈秩序〉魔術を封筒に入れ『お部屋のお掃除にお使い下さい』と一言添えて、翌朝モナード邸に送りました。

――数日後、その封筒を受け取ったダンケルク様が「返事はこれだけか!?　俺は部屋の掃除より優先度が低いのか!?」と絶叫されたとか、されなかったとか。

化

そんな一人暮らしを三週間も続けた頃でした。

魔術省での勤務を終え、イリヤさんの馬車に同乗させてもらった私は、街中の店の前で下ろしてもらいました。

この時間なら、修繕に出していた帽子を引き取りに行けそうだったからです。

帽子屋は私の隠れ家から徒歩三分の近さなので、新鮮な空気を吸いがてら向かうつもりでした。

今日は新月。街灯のガスランプが、やけに小さく見えます。

夜でも人通りがちらほらあるはずの道に、私の靴音だけが響いています。

（……妙ですね。静かすぎる）

それに夜霧がとても冷たい。足元からじんわりと這い上がって、私の体を凍えさせるかのようです。

石炭のような匂いが鼻をくすぐります。

（……）

耳をそばだてながら足を速めます。まとわりついてくるような冷気がいっそう強さを増し、眼前に黒い靄のようなものが現れました。

「黒《ノア》……！」

それは徐々に人間の女へと形作られていきます。それが誰であるかは、もはや考えるまでもなく。

にやにや笑いながら私を見ているのは、もちろん、ミス・キャンベルでありました。

「ごきげんよう。哀れで一人ぼっちな〈秩序〉魔術の使い手さん」

「こんばんは」

「婚約破棄されたんですってねえ！　そうなのよ、前から思っていたの、どうしてあんな血気盛んで眉目秀麗なモナード家の跡取り息子が、あなたみたいなみすぼらしいメイドと婚約するんでしょう、って」

「同感です」

その点については、私もなぜだか分かっていません。永遠の謎と言えましょう。

「ダンケルク・モナードの婚約者、っていう身の丈に合わないマントを脱げば、あなたなんて地べたを這うねずみみたいなものよね。そうして家を追い出されて、こんなところで一人暮らしですもの。笑っちゃうわ」

「ええ、本当に」

「ま、張り合いがないのね。泣いたり怒ったりしなさいよ」

（この分だと、罠であることには気づいていない……でしょうか？）

何も言わずに佇んでいる私は、いたぶる獲物としては落第だったようです。

ミス・キャンベルは少しつまらなそうに舌打ちをすると、気を取り直して、芝居がかった仕草でぐるりと回転しました。

「でもそんなの気にしないわ！　今宵《こよい》はとっても素敵な夜。月がないから星がよく見えるし、それに――」

靄がぎゅっと凝縮され、短剣の形に変貌します。悪意と黒《ノア》を押し固めた、禍々《まがまが》しい武器。

それらがざっと十数本、私に切っ先を向けて空中に浮いています。

「今度こそあなたを殺せるのだから」

魔性の目が殺意を帯びてぎらりと光ります。

今まで向けられたことのない殺気に、足がすくみそうになるのを叱咤《しった》しながら、私は叫ぶように詠唱しました。

「〝三度唱えるは我が名、二度唱えるは主の御名《みな》、そして一度唱えるは魔《ま》が名《な》――静謐《せいひつ》よここに、そして全てを〈秩序〉へ帰せ〟！」

襲い来る黒《ノア》が霧消します。けれどミス・キャンベルは、既に私の〈秩序〉魔術を見たことがあります。

前方の黒《ノア》の剣に気を取られている間に、足元をざあっと黒《ノア》の流れが駆け抜けていくのが分かりました。

危うく転ぶところだったのを、踏み留まって態勢を立て直します。

「ね？　私も腕を上げたでしょう！」

叫びながらなおも黒《ノア》を放ち続けるミス・キャンベル。

禍々しく光る赤い目は、溶鉱炉を覗き込んでいるかのようです。

「あの滝つぼで死ななかったことを悔やみなさい！　お前はここで、一人で、死ぬの」

「お断《こと》わり申し上げます。――〝三度唱えるは我が名、二度唱えるは主の御名《みな》、そして一度唱えるは魔《ま》が名《な》――静謐《せいひつ》よここに、そして全てを〈秩序〉へ帰せ〟」

足元の黒《ノア》を〈秩序〉魔術で吹き飛ばした、その瞬間。

「⁉」

蛇のような黒《ノア》が背後から私の体に巻き付き、自由を奪います。

あっという間に全身を拘束したそれは、仕上げとばかりに私の口にもぐるりと巻き付きました。

呪文の詠唱を封じたつもりでしょう。――どうか、これで封じたと思い込んでくれれば。

そう願いながら私は周囲を観察します。

「捕らえたわよ、アーミア姉さん！」

初めて聞く声が響きます。その女性は油断なく私を睨みながら、ミス・キャンベルの横に並びました。

黒髪を短く切った、利発そうな女性です。

油断なく動く瞳は、彼女の姉と同じく、邪悪な赤に染まっています。

（恐らく、キャンベル家のご令嬢でしょう。ようやく二人目のご登場というわけですね）

「ああ、シーラ。別にあなたが来なくても大丈夫だったのに」

「何言ってるのよ、二回も失敗したくせに。リズもエミリーも心配してきてくれたのよ」

「へえ。で、ベルガモットはあいかわらず遅刻かしら？」

「ベルらしいでしょ。でも今向かっているそうよ」

私は必死に名前を数えます。ミス・キャンベルの名前はアーミア。ショートカットのこの人はシーラ。

そうして他の姉妹たちは、リズ、エミリー、ベル。

（イリヤさんから事前に聞いていた名前と合致しますね）

つまり、ここにキャンベル家の五人姉妹が、揃いつつあるということです。

（上手くおびき出せたということでしょうか……？　もう少し何か喋って頂けるとありがたいのですが）

ミス・キャンベルは、悪戯が成功した子どものようににんまりと笑います。

「いつも遅刻のあの子にしては上出来じゃない。いいわ、ちょうど月のない夜だし——始めましょうか」

私を拘束する黒《ノア》の濃度がいっそう濃くなり、締め付けが強くなります。

と同時に、体から力が抜けていくのを感じます。

ミス・キャンベルは再びあの黒《ノア》でできた短剣を空中に出現させます。

その数はきっと、百本以上。

星空に黒々と浮かぶそれは、悪意にまみれて私を狙っていました。

「さようなら。見捨てられて一人で死んでいく、惨めでちっぽけなメイドさん？」

黒《ノア》が放たれかけた瞬間、私は心の中で〈秩序〉魔術の詠唱を走らせました。今度の魔術は、先ほどより威力も範囲も強いものです。

（〝世界の端から伏して乞う。謳うは汝《なれ》が名、寿ぐは汝《なれ》が命。清浄なる心を以て、その穢れを〈秩序〉に帰さんことを〟）

体の中から金色の光が溢れ出します。

私を拘束していた黒《ノア》が、暴風に弄ばれる枯れ葉のように散り散りになり、百本もの短剣はガラスのように打ち砕かれました。

破片のように飛び散る黒《ノア》の向こうで、驚愕に歪むキャンベル姉妹の顔が見えます。

私は踵を返すと走り出しました。待ちなさい、という声と共に放たれる黒《ノア》を蹴散らし、夜闇に靴音を響かせます。

（落ち着いて、落ち着いて……！　まずは『連絡』です！）

私が一番恐れなければならないことは、このままむざむざやられてしまうこと。

姉妹たちの来襲を誰にも伝えられないまま、死ぬことです。

太もものガーターベルトに差していた光線銃をさっと抜き去ると、空に向けて発砲します。

ヒュルルルル……と上空に打ち上がった緋色《ひいろ》の花火が、夜空で弾《はじ》け、決められた人の元へ駆けてゆきます。

――この花火を合図として、私たちの作戦は始まります。

「あの女、何か合図を送ったわ！」

「構うものですか、今すぐに殺して！　あいつさえ殺せば全て楽になる！」

二人が黒《ノア》を用いて追撃してきます。これは予想できたこと。

私は路地に飛び込みます。

パブや八百屋の裏手に面するこの道は、狭くて臭くて物が溢れているけれど、だからこそ格好の逃げ道です。

木箱の、半ば腐りかけた林檎《りんご》の下から簡易〈秩序〉魔術術式を取り出し、路地を抜けます。懐にも何枚か術式を潜ませてありますが、手数は多い方が良いでしょう。

足元に絡みつく黒《ノア》をその術式で引き剝がしながら、ひたすらに走って、キャンベル姉妹を振り払います。

時折物陰に隠れながら、しばらく逃避行を繰り広げた私は、黒《ノア》の追跡がないことを悟り、次の行動に移りました。

私の隠れ家からさほど離れていない場所に戻ります。

慎重に、姉妹の影に注意しながら。

誰もいないことを確かめた私は、こぢんまりとした店の裏手に繫がる階段を下り、その突き当たりを思い切り蹴り飛ばしました。

もろい粘土で作っていた壁はあっさりと崩れ落ち、隠し通路が現れます。

手のひらに炎を灯しながら、暗い道を下へ下へと進んでいけば——。

(アレキサンドリア様の分体がいらっしゃる場所へ辿り着ける)

分体の元へ辿り着くことができれば、作戦を開始できます。

私の打ち上げた花火を見て、既に他の皆さんも各自の仕事に取り掛かっているはずですから、急がなければなりません。

――そう、私とイリヤさんは、ただぼうっと来襲を待っていたわけではないのです。

キャンベル家の姉妹が襲ってきた時にどうすべきか。どう動くべきか。

そのパターンを数十通りも考え、練習し続けていたのです。

ですから、この辺りの地図は全て完璧に頭に入っていますし、八か所ある分体の場所も正確に把握しています。

(落ち着いて……!　絶対に仕損じてはならないのですから)

今度こそ、必ず、龍を滅ぼす。

その決意を胸に、通路を下りてアレキサンドリア様の分体がいらっしゃる小部屋に足を踏み入れた途端――。

大きな狼が私目掛けて襲い掛かってきました。

白い牙がぎらりと光るのを見た瞬間、とっさに右に転がって避けられたのは、ひとえにダンケルク様が私に施した軍事訓練によるものでしょう。

あれが直撃していれば命はなかったのではないでしょうか。

いえ、若旦那とセラ様が作って下さった、治癒用のブローチはありますが。

「チッ。外したか」

舌打ちするのは、長い髪を一つに結わえ、乗馬服を身にまとった一人の女性でした。

ぎらぎら光る赤い目、全身に漂う黒《ノア》の気配――。

彼女もまた、キャンベル家に名を連ねるものでしょう。

そうして彼女が従えているのは、モナード邸でミス・キャンベルが使役していた狼です。

確かエテカと名がついていたかと思います。大きさも醜悪さも、前に見た時と全く変わっていないようです。

「姉さんたちはお前を殺すのに随分と手こずっているようだが、なに、所詮は女一人だ。この我が瞬く間に片づけて見せよう」

「……あなたは？」

「もう分かっているくせに。我はエリザベス・キャンベル。お前に死を運ぶものだ」

リズ、と先ほどの二人が呼んでいた人でしょう。

彼女の目は冷たく、そして油断なく私の手足に注がれていて、何か武術の経験があることを感じさせます。

——正直に申し上げて、かなり厄介なお相手です。

しかも今回は、先ほどとは違って逃げ出すわけには参りません。

ここから〈秩序〉魔術を用い、結界を展開する予定なのですから、この方には即刻お帰り頂かねばならないのです。

（ということは、戦うしかない……ということですね）

「どうして私がここに来るとお考えになったのです？」

「侮るな。我らとてただ野放図に黒《ノア》をばらまくような阿呆《あほう》ではない」

リズ・キャンベルは、細い指をちらりと動かしました。

と、私の足元から、小さな蛇のような黒《ノア》がふわりと立ち上り、訓練された犬のように彼女の元へ戻っていきました。

「……なるほど。私にこっそり忍ばせた黒《ノア》を追っていらした、というわけですね。私の〈秩序〉魔術にも消滅しない黒《ノア》があるとは思いませんでした」

「驕《おご》ったな。我らも〈秩序〉魔術に多少耐性のある黒《ノア》を生み出すことくらいはできるということだ。――さて、長話は嫌いな性質でな」

彼女は何かに倦《う》んだような顔で、傍らの狼、エテカに目配せします。

エテカは待っていましたとばかりに、黒い涎《よだれ》をダラダラとこぼしながら、再び私に飛び掛かってきました。

狭い小部屋の中でのこと、避けるスペースはほぼありません。

（このままではやられてしまいます……！　ッ、ならば！）

私はエテカの鋭い牙を、左手で受けました。

「ッ……！」

鋭い牙が深々と食い込み、骨ごと噛み砕いてしまいそうです。

脳天を貫く痛みと共に、じゅわりとこぼれる血の気配を感じます。

胸に仕込んだ若旦那のブローチが、正常に稼働することを祈りながら、私は右手を大きく振りかぶります。

「〝三度唱えるは我が名、二度唱えるは主の御名《みな》、そして一度唱えるは魔が名《まな》――静謐《せいひつ》よここに、そして全てを〈秩序〉へ帰せ〟」

私の右手に凝縮した〈秩序〉魔術は、すらりと流麗な槍《やり》の形に変貌していきます。

黒《ノア》を押し固めて短剣の形にできるのならば、〈秩序〉魔術だって、このくらいのことはできるのです。

そして駄目押しで、二つ目の〈秩序〉魔術を展開します。

「〝世界の端から伏して乞う。謳うは汝《なれ》が名、寿ぐは汝《なれ》が命。清浄なる心を以て、その穢れを〈秩序〉に帰さんことを〟！」

右手の槍が輝きを増し、ぐんっと太く、大きくなります。

更なる力を得た槍は、物凄い速さで回転しながら、放たれる時を待っています。

私の左手を味わっていたエテカも、その異変に気づいたようで、はっと目を見開きましたが。

「もう遅いです！　これでも食らって下さい！」

放たれた槍は、ドチュッ、という鈍い音と共に、エテカの脇腹から背中までを深々と貫きました。

床に倒れたエテカは、舌をだらりとこぼしたまま、二度と動きませんでした。

安堵の息をつく間もありません。ようやく牙から逃れた私の左手は、正直に申し上げて、直視をためらうほどの酷い有り様でした。

（ほ、骨、まだついてますよね……!?）

ですが、さすがは若旦那とセラ様の〈治癒〉魔術です。

ブローチが輝き始め、みるみるうちに私の左手が再生してゆくのが分かりました。痛みもありません。

数十秒もすれば、完全に元通りになっていました。凄まじい威力です！

「……ふん。小細工を弄するのは貴様も同じ、か」

リズ・キャンベルが忌々しそうに言います。彼女はそのまま、つかつかと私に歩み寄ってきました。

その手には、黒《ノア》でできた武器ではなく、ぎらぎら輝くサーベルが握られています。

「考えてみれば、何も黒《ノア》を使う必要はないのだった。メイド一人の首程度、幾らでも刎《は》ねられるのだからな。さすがに首を落とせば、その奇怪な〈治癒〉魔術も発動すまい」

振りかぶられたサーベルを避けられたのは、一回だけでした。

二回めの、横に薙《な》ぎ払《はら》うような一撃は、避けるどころか目で追うこともできませんでした。

——間に割り込んできた、アレキサンドリア様がいらっしゃらなければ。

サーベル同士がこすれ合う音がすぐそばから聞こえてきます。

アレキサンドリア様は呵々大笑《かかたいしょう》していらっしゃいます。

「残念、そうはさせないよ！」

「お前……誰だ？　情報にはなかった。魔術省の人間ではないな？」

用心深いのでしょう。リズ・キャンベルは後ろに飛び退《とびしさ》って距離を取りました。

アレキサンドリア様は不敵に笑いながら、ひゅんっとサーベルを回転させます。

その手つきの見事さと言ったら、ダンケルク様にも比肩するほどです。

「さあてあたしは誰だろう？　そう気にすることはない。いずれ消えゆく影法師、お前に踏みしだかれる塵芥《ちりあくた》も同然だ」

「——お前、もしかして、」

リズ・キャンベルが言い終えるより早く、アレキサンドリア様が打ちかかって行きました。

敵が黒《ノア》を出して身を守ろうとするのを見、すかさず〈秩序〉魔術を放って援護します。

「ありがとリリス！　さあさあどうした、キャンベルの娘よ？　あたしなど一瞬で切り伏せられるだろうに？」

「……ッ、生き汚い魔女め！　お前は生まれ変わることができないはず！」

「そうだよ、お前が食った龍のせいでね！」

鋭く切り込むアレキサンドリア様。辛くもそれを受け止めたリズ・キャンベルは、きっと前を見据えて態勢を立て直します。

二人はしばらく切り結んでいました。互角のように見えた戦闘は、けれど、徐々に変化を見せていきます。

アレキサンドリア様の動きが鈍り始めたのです。

〈当然です、あの方は分体。残った魔力で無理やり体を動かしている状態なのですから〉

どうにかしなければと思うのですが、せいぜい〈秩序〉魔術をけん制に放つくらいで、ろくな助力もできません。

ですが、劣勢であるはずのアレキサンドリア様の顔は、なぜかとても明るいものでした。

切り傷をたくさん作りながら、押し込まれて苦しげに息を吐きながら、それでも決して俯くことはありません。

〈ああ、きっとこの方は、こうして戦場に立ち続けてきたのでしょう〉

〈秩序〉魔術を構築し、大聖女様と共に、夫を殺した『黒煙の龍』から都市と至宝を守ったこの方は。

どんな時だって諦めずに敵を見据えていたのです。

〈忍耐。強靭《きょうじん》な精神力。……確かに〈秩序〉魔術は人を選びます〉

こんな時であるのに、私はこの方の後継者になれたこと――〈秩序〉魔術を使うに値する人間であることを、少しだけ誇らしく思いました。そして、この魔術に恥じない使い手にならなければならないと改めて決意します。

勝利を確信した様子のリズ・キャンベルでしたが、その顔がはっと歪みます。

その理由が、私にはすぐ分かりました。

「足音です！　アレキサンドリア様、援軍が来ています！」

「チッ」

リズ・キャンベルはサーベルをおさめると、黒《ノア》をマントのように身にまとって、疾風のように部屋を出ていきました。

私はアレキサンドリア様に駆け寄ります。小さな切り傷だけならよいのですが、脇腹に深手を負っているようです。

けれど出血というものはないようでした。ただバターに傷をつけたような跡だけが残っています。

「大丈夫ですか、アレキサンドリア様！」

「平気平気。どのみち分体だから、死の概念はあたしから遠い。機能停止するだけだから心配しないで」

「機能停止なら結局死んでしまうということになりませんか？」

「まあまあ。それより、援軍はまだかな？」

曖昧にごまかしたアレキサンドリア様は、戸口に視線をやります。

現れたのは護衛兵をぞろりと引き連れたイリヤさんです。

「リリス、いよいよだな。さっきキャンベル家のやつとすれ違って逃げられたんだけど、大丈夫だった？」

「イリヤさん！　良かった、合図がちゃんと届いたんですね」

「今日は新月だからね。花火はよく見えたよ。ダンケルクたちも動いている」

「ええ。私たちも仕事に取り掛かりましょう」

「おうとも」

イリヤさんが技官の方々に指示を飛ばし始めました。

「魔力測定開始。他七か所のポイントとは連携取れてるか？」

「測定開始了解です。はい、首都内のポイントには既に人員配置済み、そちらでも魔力測定開始中です」

「よし。〈秩序〉魔術の導線確認」

「確認完了済みです。他の七か所の確認を待ちます」

「それからセラ殿の到着も待たねばな」

「護衛と共に既に出発したと連絡がありました。もうじき到着されるかと」

打てば響くように返ってくる技官の方々の言葉に、プロ意識を感じます。

と同時に、少しだけ緊張してきました。作戦を軽くおさらいしておきましょう。

まず、キャンベル家の姉妹が首都にやってきたことを確認。

彼女たちの体から湧き出る黒《ノア》を消滅させるため、アレキサンドリア様の分体を楔として、セラ様と私が〈秩序〉魔術の結界を展開。

そうして『黒煙の龍』を取り込んだ、キャンベル家の姉妹を滅ぼす。

（私がしくじれば、作戦全体がとん挫する……。頑張らなければですね！）

気合を入れた時、ぱたぱたと軽い足音が聞こえてきました。

小部屋に駆け込んできたのはセラ様です。これで最後のメンバーが揃いました。

「遅くなってすみません！」

セラ様は、私を見てにっこりと笑いました。

その微笑みを見ていると、力んだ体から程よく力が抜けてゆくようです。

（そうでした。一人ではないのです。セラ様も、もちろんイリヤ様や若旦那や、ダンケルク様もいらっしゃるのですから）

「頑張りましょうね、リリスさん！」

「はいっ」

二人でぐっと拳を握りしめていると、技官の方の一人が声を張り上げました。

「イリヤさん！　黒《ノア》の反応が増大中！　魔術省近辺を中心として、放射状に広がっていきます」

「おいでなすったな！　リリス、セラ、配置についてくれ。──観測手！　黒《ノア》をばらまいているのは、キャンベル家の五人姉妹で間違いないな？」

観測手は一人の柔和そうな女性でした。眼前で金色に瞬く魔術陣を、目を細めて睨んでいます。

あの魔術陣越しに、魔術省近辺の様子を観測していらっしゃるのでしょう。初めて見る魔術でした。

「──ご報告申し上げます。キャンベル家の姉妹には違いないでしょうが、今観測できているのは……四人です」

「一人足りない、だと？」

出撃

（一人足りない？　なぜでしょう）

その時私は、ミス・キャンベルの言葉を思い出しました。

「あ……！　そうです、ベルガモットという人が遅れていると言っていました」

「なに？　こんな大事な時に遅れるんじゃない！　ろくな女じゃないぞそいつは！」

「まあ、まともな人は龍を食べようなんて思いつきもしませんからね……」

「イリヤさん、続けて報告致します！　黒《ノァ》の密度が上昇！　民家密集地帯にも流れ込んでいるようです！」

イリヤさんの遠慮ない舌打ち。イライラと髪を掻きむしりながら、早口で呟きます。

「ここで結界を展開しなければ、黒《ノァ》に首都を乗っ取られる。しかし全員まとめて始末しなければ、百五十年前の二の舞だ！」

「残り一人の場所は分からないのでしょうか」

「観測手。可能か？」

観測手の女性は、難しい顔で首を傾げます。

「観測範囲を広げることは可能ですが、どこにいるのか見当がつかないと、魔力の無駄遣いになります。わたくしのこの魔術も、長くもつものではございませんし」

「ならば足を使って捜すしかないな。ダンケルクに連絡を繋いでくれ」

連絡係の男性が、術式を用いて目の前にぼうっと光る火の玉を呼びます。

『呼んだか、イリヤ？』

その火の玉からダンケルク様の声が聞こえてきます。セラ様が興味深そうに、

「わあ、遠隔との連絡魔術ですか！　実際に見るのは初めてです」

「ふふん、だろう？　前から温めていた理論をこの日のために実用化したんだ！　連絡可能距離を延ばすのが大変でな……」

『おい、さっさと用件を話せ。急ぎなんだろ？』

ダンケルク様の声に、イリヤさんが魔術師モードから指揮官モードに切り替わります。

「悪い知らせだ。五人姉妹の内一人が欠けている」

『なんだと？　こちらの作戦に感づかれたのか？』

「単純に遅刻しているらしいが、詳細は分からん。だがそいつを捕まえて都市に放り込まない限り、五人を一斉に退治することはできない」

『ああ、だから俺か』

「そうだ。最後の一人を足で捜して欲しい。こちらへ向かっているというからには、さほど遠い場所にはいないだろう」

『分かった。技官に簡易〈秩序〉魔術の札を大量に持たせてくれ。そいつを拾っていく』

声の向こうで、鷹の鳴き声のような音が聞こえました。夜に鷹とは妙な組み合わせです。

ですがアレキサンドリア様には心当たりがあるようで、部屋の端の方でにんまりと笑みを浮かべています。

「その鳴き声──そうか、許可が下りたか」

『首都防衛ともなれば、国王陛下も可愛い幻獣を出さざるを得ないだろう？』

「国宝級の生物なのだがな？」

『恐れ多くも〈治癒〉魔術の大家であらせられるウィル殿の随行を条件に、お貸出し頂いた次第で』

この様子ですと、若旦那とダンケルク様は行動を同じくしているようです。

イリヤさんが呆れたように腕組みをします。

「どうせ脅すなり何なりしたんだろ。ったく、モナード家の跡取り息子は押しが強い」

『その押しが通用しないメイドもいるがな』

意味深に付け加えるダンケルク様。そのお言葉を最後に、火の玉がふつりと消えました。

「あの……幻獣って？」

「この世で一番速く空を飛ぶ生き物のことさ。索敵にはちょうどいい。——観測手、他の四人はまだ首都内にいるな？」

「はい、依然として黒《ノア》をばらまいています」

一人の技官の方が、緊張した面持ちでイリヤさんに報告をします。

「イリヤさん。首都内の全てのポイントで、結界展開準備完了したとのこと。即時展開実施可能です」

「うーん。ここで始めるのは時期尚早、か？　しかしここで手をこまねいている間に、他の姉妹も逃がしてしまうかもしれないし」

私はセラ様と顔を見合わせて頷きます。

「いえ、始めましょう、イリヤさん。あと一人くらい、ダンケルク様がどうにかして下さいます」

「わたしもそれが良いと思います！　このまま野放しにしていては、黒《ノア》が市民の皆さんを蝕んでしまいますから」

イリヤさんはしばらく考え込んでいましたが、ややあって頷きました。

「分かった。始めよう」

アレキサンドリア様がすっくと立ちあがると、両手を私たちに差し伸べます。

「あたしがついていられるのはここまで。あとはあんたたちの頑張り次第だ」

「はい」

「頑張りますっ」

「ん。あんたたちに幸運がありますように！」

アレキサンドリア様の体が金色の砂となってほどけていきます。

偉大なる大魔女が遺《のこ》した情報の集合体は、〈秩序〉魔術による結界を展開するための楔へと姿を変えていきました。

それは見事な蔦《つた》の意匠と、金色の房のついた楔でした。

（ありがとうございます、アレキサンドリア様……。あなたの成し遂げられなかったことを、私たちがやり遂げてみせます）

私たちはそれを握りしめ、それから一気に地面に突き立てました。

ぶわりと漏れ出る光と暴風が、部屋を満たしてゆきます。溢れんばかりの魔力のせいで肌がちりちりするくらいです。

例えるなら、膨れた風船に針を刺すような。

せき止めていた水が、僅かな穴から決壊するような。

そんなふうに迸る魔力に乗せて、私は〈秩序〉魔術を唱えます。

「〝三度唱えるは我が名、二度唱えるは主の御名《みな》、そして一度唱えるは魔《ま》が名《な》——静謐《せいひつ》よここに、そして全てを〈秩序〉で覆え〟！」

「援護します、リリスさん！」

金色の魔術陣が目も眩むほどに瞬いて、部屋を突き抜けこの一帯を覆いつくしていきます。

ぱりっと糊《のり》のきいたシーツを、寝台に広げるように。

四隅をしっかりと織り込んで、かすかな皺もないように。

そんなイメージで〈秩序〉魔術を首都全体に押し広げ、伸ばし、包み込みます。

もちろんそれはセラ様の援護あってのこと。

まるで氷の上を軽やかに滑っているように、私の魔術が広がってゆくのが分かりました。

首都に散らばったアレキサンドリア様の分体が、私の〈秩序〉魔術を受け、次々と楔に姿を変えていきます。

その楔で、しっかりと結界を固定し、また結界を押し広げるのです。

「……キャンベル家の姉妹たちに変化あり。黒《ノア》を激しくばらまいています！」

観測手の方が押し殺した声で叫ぶのを、どこか他人事《ひとごと》のように聞いています。

なぜなら、それは私が今肌で感じていることだから。

広げた真っ白なシーツに広がる、インクをこぼしたような黒い染み。

「させません。セラ様！」

「了解です！」

セラ様の〈治癒〉魔術が、私の〈秩序〉魔術に絡みつき、強度を上げて下さいました。

〈秩序〉魔術が持つ、要素を分解する力を増幅させることで、黒《ノア》を片っ端から追い払っていきます。

じわりと薄くなってゆく黒い染みに手ごたえを感じた瞬間、また別の場所から黒い染みがにじり寄ってくるのを感じました。

「相手もなかなか手ごわいようですね！」

「大丈夫！　わたしとリリスさんですもの、たとえ相手が五人でも十人でも、負ける気はしませんよ！」

「はい！」

「……じゅ、十人は無理かもですが！」

律儀に訂正を入れるセラ様に思わず笑ってしまいます。

（──大丈夫。できます。やれます！）

気合を入れる私とセラ様。

それを見守っていたイリヤさんが、誰にともなく呟きました。

「しかし、これは──根比べになるだろうな」

果たしてイリヤさんの言った通り。

私たちとキャンベル家の姉妹たちは、完全な膠着《こうちゃく》状態に陥りました。

どちらかが圧倒しようとすれば、どちらかが踏ん張り、片方が緩めば、片方が攻め込む。

天秤《てんびん》の如く釣り合った力関係に、私たちは汗を滲ませます。

私たちはまだ全力を出し切っていません。

五人全員を首都の結界に入れた状態で、〈秩序〉魔術を使わなければ、彼女たちを消滅させることはできないのですから、全力を出すのはこれからです。

（とはいえ、もう一時間はこの状態です……！　まだまだやれますが、しかし、首都の様子はどうなっているのでしょうか……）

それに、遅刻しているベルガモット・キャンベルを追っているダンケルク様の様子も気になります。

まだ捜しているのか、それとも既に彼女を見つけて、戦闘になっているのか。

私は第六感がある方ではありません。

嫌な予感とか、虫の知らせとか、そういうものに縁がない方なのですが。

（なのに、なぜでしょう、どうしてこんなに、足元をじりじり炙《あぶ》られているような、不安な気持ちになるのでしょう……？）

「あっ、リリスさん！」

「え？　あっ、わあっ」

結界の端が大きく切り裂かれました。

シーツの端を何かに引っ掛けてしまったときのように、びりりと裂ける結界の隙間から、ぶわりと黒《ノア》が溢れ出しそうになります。

私とセラ様は慌てて踏み留まり、結界の修復にかかります。

そう難しいことではありませんし、大して時間を食うことでもなかったのですが、嫌な予感はますます強くなってゆきます。

それをイリヤさんも感じていらっしゃったのでしょう、唇を嚙みながら、傍らの技官の方に確認します。

「……ダンケルクの奴め、遅いな。連絡は？」

「それが、先ほどから試しているのですが――応答がなく」

「何だと？」

イリヤさんの眦《まなじり》がぎりりと吊り上がります。

「それはいつからだ」

「五分――いえ、七分ほど前からです！」

「他に動ける手勢はいるか」

「第六部隊が向かっていますが……ん？」

上の方でけたたましい鳴き声が聞こえます。

それは壁に体をこすりつけながら、甲高い声を上げて小部屋に飛び込んできました。

翼を大きく広げ、机に広げられていた羊皮紙やら地図やらを盛大に吹き飛ばした、その生き物は――。

下半身は獅子《しし》、上半身と翼は大鷹《おおたか》の加護を持つ幻獣、グリフォンでした。

なめらかな毛並みの体躯、白と黒の羽が美しいコントラストを描く美しい翼。

気高い金色の眼差しは、まさしく幻のけものと呼ぶにふさわしい威容《いよう》を放っています。

その美しさ、その希少さゆえに、国王陛下が大事にされているこの生き物が、どうしてここにいるのでしょう？

「ぐ、……グリフォン!?」

「おいお前、乗り手は――ダンケルクはどうした？」

イリヤ様の鋭い言葉。

見ればグリフォンの背には、血と黒《ノア》がべっとりとこびりついています。

嫌な予感が現実の塊になって、お腹の中をぞろりと落ちてゆくのが分かりました。

（この血は――誰の血でしょう？）

「ダンケルク様はこの生き物に乗っていたのですか？」

「ああ。グリフォンはこの国で最も速い生き物だからな。何かを捜すには最適の足だろう。その獣が、たった一頭でここにいるということは……」

珍しくイリヤさんが言葉を濁します。その先は言わずとも分かっています。

私はグリフォンをじっと見つめました。聡明《そうめい》なこの獣は、臆することなく私を見つめ返してきます。

けものの美しい金色の瞳が、私を促し、急かしているようでした。

「……分かりました。ベルガモット・キャンベルを捕らえられないというのならば、こちらから出向くしかありませんね」

「なに？」

「結界の端を引き延ばして、無理やりベルガモット・キャンベルを包囲します」

頭の端が妙に冴え渡っています。

万事心得ているとばかりに跪《ひざまず》いたグリフォンの背中に乗ると、すぐにもう一人またがってきました。

「セラ様」

「わたしも行きます！　結界を広げるならわたしの援護は欠かせないでしょうし、それに——ダンケルクさんのところには、ウィルさんもいるはず」

「では私たちの目的は同じですね」

「はいっ。あの人たちを助けに行きましょう！」

気分はさながら、お姫様を助ける騎士のごとく。

グリフォンはその大きな翼を広げました。

ドラゴン退治

「そういえばグリフォンって、人の言葉が分かるそうですよ」

「頭が良さそうな顔をしていますから、言葉を発しても驚きませんね」

他愛のない会話をしているふりをしながらも、私たちの会話の端々には、どこか焦りと不安が滲んでいます。賢いグリフォンはそれを分かっているのでしょう。

大きな翼をはためかせ、夜風を切り裂きながら、ものすごい速さで進んでゆきます。

グリフォンの背中には当然ながら初めて乗りますが、なかなか悪くありません。

ビロードのような毛並みに触れるとぞくぞくしますし、翼が力強く躍動するさまは、見ていて胸がすくような思いです。

(きっと、こんな時でなければ、もっと楽しめたでしょうが)

「リリスさん！　……あれ、何ですか⁉」

悲鳴じみたセラ様の声。彼女の指さす方向を見た私は、自分の目が信じられませんでした。

——地上の僅かな明かりに照らされているのは、大地から空に屹立《きつりつ》する、巨大な柱でした。

魔術省の時計台がそのまま収まりそうなほどの大きな黒い柱が、郊外の草原の上にそびえたっています。

その柱から、まるで夜空の闇を吸い取って、大地に流し込んでいるかのように、黒い靄が流れ出してゆくのが見えました。

「黒《ノア》！」

稲光をまとわせたその柱のただ中に、黒いぼろぼろのドレスを纏《まと》った女性がいるのが分かりました。

きっとあれこそが、ベルガモット・キャンベル。

最後のキャンベル家の娘であり、私たちが倒すべき相手。

「グリフォンさん、近くで下ろして下さい」

私の願いに応じて、グリフォンがゆっくりと降下してゆきます。

と、地上に到着する前に、黒い柱がぞろりと蠢きました。

「来ます、リリスさん！」

「ええ――　〝三度唱えるは我が名、二度唱えるは主の御名《みな》、そして一度唱えるは魔《ま》が名《な》――静謐《せいひつ》よここに、そして全てを〈秩序《ノア》〉で覆え〟　！」

放たれる激流のように押し寄せる黒を、〈秩序〉魔術でいなしながら、どうにか地上に降り立ちました。

グリフォンは私たちを地面に降ろすと、また飛び立っていきました。

国王陛下の持ち物なので、ここから離脱してくれた方が気が楽です。

かつては農場であったと思《おぼ》しき草原は、あちこちに黒《ノア》の残滓がひらめき、炎魔術や雷魔術の痕跡がありました。

——それに、黒《ノア》を植え付けられて、互いに攻撃しあっている兵士の方々も。

彼らは私たちなど眼中にないようです。体の奥で黒《ノア》が暴れているのでしょう、目の前の動くもの全てに、けだもののように切りかかっていきます。

「ひどい……！」

セラ様が怒りと恐怖を露《あら》わにして呟きます。

(この中に若旦那とダンケルク様もいらっしゃるのでしょうか？　——いえ、捜すのはあと、まずは仕事をしなければ)

「よく来たわね、リリス・フィラデルフィア。それにセラ・マーガレット」

猫撫《ねこな》で声《ごえ》で私たちの名を呼ぶのは——最後のキャンベル家の娘。

タコのようにあちこちに伸びる髪は、毛先にいたるまで黒《ノア》が充塡されていて、禍々しい気配を放っています。

セラ様が私の腕をぎゅっと、痛いほどに摑みます。

その真っ白なお顔には脂汗が浮かんでいました。

「この人……！　今まで見てきた中で、一番龍に近いです……！」

「あなたはベルガモット・キャンベルですね」

女はにこりと笑いました。

「……龍の体の中で、一番力のある場所はどこだか、ご存知？」

「知りたくもないですが」

「答えはね、左側のお腹の後ろ、生殖器の少し前についている鱗よ。——そこを食べた私が言うんだから、間違いないわ」

「イリヤさんに教えて差し上げたいですね。龍の体の中で、食べるべきは左側の下半身、と」

そう言うと、セラ様が顔を歪めます。

それが無理やり作った笑みだということに気づくまで、少し時間がかかりました。

「リリスさんも冗談を言うんですね」

「……そうでもしなければ、この状況に耐えられなそうで」

「同感です。——強すぎる、この人！」

ベルガモット・キャンベルはくすぐったそうに笑いました。

「あなたたちの考えていることなんて、とうにお見通し。五人まとめて結界に閉じ込めて殺す——なんて、ちょっとばかり単純すぎやしないかしら？」

「単純ですが、合理的です」

「そう、そうね。合理的なことは大事だわ。だから私、あなたたちの作戦を逆手にとることにしたの」

ベルガモット・キャンベルがひっきりなしに放つ黒《ノア》の濃度は異常です。

これ以上無駄話を聞いている暇などないのですが、なぜでしょう、彼女は相手を自分のペースに巻き込む不思議な力があるようです。

私たちは、蛇に睨まれた蛙《かえる》のように、動けずにいます。

「四人の姉さまたちは、首都でこれ見よがしに黒《ノア》をばらまく。あなたたちは待ってましたとばかりに首都に大掛かりな結界を展開する」

「……」

「でも、結界を作るのにも、〈秩序〉魔術を使うのにも、魔力がいるわね？　それに兵力も、首都内に釘付《くぎづ》けになる」

「理解しました。私たちが四人を相手に消耗している間に、あなたが」

「ええ、私が。ここから首都を黒く染める。あの黒い柱は楔のようなものね。ここからじわりと黒《ノア》を染み込ませて、二度と洗い流せぬようにしてやるわ」

空にそびえる黒い柱から、泉のように湧き出てくる黒《ノア》を見ていると、彼女の言葉が壮大な夢物語でないことが分かります。

（気圧《けお》されてしまうほどの巨大な力です……！　この人を結界に封じ込めるなんて、できるわけが――）

その瞬間、怯えた私の視界の端で、ぎらりと何かが光りました。

凄まじい勢いで射出されたそれは、ベルガモット・キャンベル目がけて矢のように飛んでいきます。

けれど彼女は黒《ノア》で難なくそれを打ち払います。

地面に転がった銀の杭《くい》を見て、つまらなそうに吐き捨てました。

「銀の杭程度で、この私を撃ち落とせるとでも――」

「思っちゃいないさ、当然な！」

そう叫んでベルガモット・キャンベルに飛び掛かっていったのは、サーベルを携え、ぼろぼろになった――ダンケルク様でした。

あちこち煤と泥にまみれ、頭からは血を流し、片腕の袖がずたずたに引き千切られています。

それでも、その見慣れた翡翠色の目は、闘志を失ってはいませんでした。

「ほらほら、〈秩序〉魔術の使い手が来たんだぞ？　ちょっとくらい怯えた方が、可愛げがあるんじゃないか！」

「可愛げは他の姉さまにお譲りしたの。――そんなことよりお前、あれだけの攻撃を食らって、まだ生きてるの？　さっき腕を引き千切ったじゃない」

「腕の一本や二本を奪った程度で、俺を殺せたとは思わないことだな」

ダンケルク様は素早く踏み込んでサーベルを振るいます。

黒《ノア》と果敢に打ち合うさまは、おとぎ話に出てくる龍退治の物語のよう。

ですがベルガモット・キャンベルの方が圧倒的です。

無尽蔵に湧く黒《ノア》は、短剣や槍やらサーベルやらに姿を変え、ダンケルク様をどんどん追い詰めていきます。

黒《ノア》の攻撃がダンケルク様の太ももを深く抉《えぐ》り、血がほとばしった瞬間、口から悲鳴が転がり出ました。

「ダンケルク様！」

自分の声がこんなに弱々しいとは思いませんでした。

叫んで誰かにすがることしかできない、ちっぽけな存在になり下がったかのようです。

けれどダンケルク様は、痛みに顔を歪め、だくだくと流れる血を押さえながらも、私を鼓舞するようににやりと笑います。

「問題ない。何しろ俺には専属の〈治癒〉魔術師がいるからな？」

ダンケルク様の後ろから緊張感なく歩いてきたのは、若旦那です。

片手に大きなボウガン、片手にはいつも研究用に持ち歩いている小さな手帳を携えて、戦場には似つかわしくないほどののんきさで、ダンケルク様の足を見下ろします。

「深い切り傷か……。うん、次はこの理論を試してみようかな。ちょっと痛いけどごめんねえ」

若旦那の右手に、金色と緑の魔術陣が展開され、それがダンケルク様の太ももの傷に染み込みました。瞬きの間に血が止まり、傷口が塞がれてゆきます。

「いッ……てえ！」

さすがは若旦那。一瞬にしてあの深手を治癒してしまわれました。

なのにダンケルク様はぶうぶうと文句を言っています。

「ウィル、お前なあ！　さっきから痛みの強い魔術ばかり試してるだろ！」

「即効性があるものは大体痛むんだよ。良薬口に苦しってやつだね。それよりこのボウガン重いんだけど、ずっと持ってなきゃ駄目かな」

「知るか、きりきり撃てよ。当たれば時間稼ぎくらいにはなる。それくらいしかできないんだからちゃんとやれ」

「随分な言い草だねえ。さっき引き千切られた君の腕を、綺麗に再生してあげたのは、どこの誰だったかな？」

お二人とも煤まみれでぼろぼろですが、大きな怪我はないようです。

けれどぐったりと疲れ切って、魔力もほとんど残っていないのが分かります。

それでも、ぽんぽんと交わされる言葉は、まるでモナード邸にいるときのようで。

今までぐっと詰めていた呼吸が楽になるのを感じます。

この女性にはかなわない、やられてしまう――そう思っていた自分が馬鹿らしく感じてきます。

(大丈夫、大丈夫。絶対に倒せる……！)

ベルガモット・キャンベルは、面白くない座興を見せられた女主人のように、ついと指先を動かしました。

その指先に黒く澱む、殺意を帯びた黒《ノア》の剣が、何の前触れもなく、ダンケルク様たちに向けて放たれました。

「ッ、この程度……！」

ダンケルク様はそれをサーベルで払い落としました、けれど――。

その剣から瞬き二つ分ほど遅れたタイミングで放たれた、五本の剣には、気づいていらっしゃらないようで。

ベルガモット・キャンベルが嘲笑交じりに言いました。

「剣は一本だけだと思った？　その油断を悔いながら、惨めに死んでいきなさい」

感覚が一瞬遠のきます。ただ見えているのは、ダンケルク様と若旦那を襲う五本の剣だけ。

間に合わない、と思った瞬間、体の底が煮えるように熱くなりました。

心臓の鼓動が速まり、それに押し出されるように叫びます。

「〝退《ひ》け〟！」

その詠唱——いえ、命令は、金色の矢となって、黒《ノア》でできた五本の剣を撃ち落としました。

〈秩序〉魔術を起動させるには、もっと複雑な詠唱が必要なはずなのに。

けれど私が放ったのは明らかに〈秩序〉魔術でした。

詠唱とも言えない感情の発露に、〈秩序〉魔術は応えたのです。

そうして遅れて湧き起こってきたのは——心臓が燃えるほどの、あるいは凍り付くほどの、怒りでした。

「〝三度唱えるは我が名、二度唱えるは主の御名《みな》、そして一度唱えるは魔《ま》が名《な》——静謐《せいひつ》よここに、そして全てを〈秩序〉へ帰せ〟！」

だから、続けて放った〈秩序〉魔術の威力が、今までとは比べ物にならないほどだったとしても、驚きはしませんでした。

周囲の黒《ノア》を完全に吹き飛ばし、ベルガモット・キャンベルが思わず後ずさるほどの〈秩序〉魔術。

「よくも私のご主人様と、元ご主人様を攻撃してくれましたね……！　その代償、払って頂きます！」

「何をそこまで激昂《げっこう》しているの。――ああ、元婚約者だったものね、そこの男は。ここで恩を売っておけば、また婚約者に戻れるかも、って魂胆かしら」

「ばかばかしい。他人の婚姻事情なんかより、自分の首の心配をした方が良いのでは？いかにも軽そうな頭ですから、刈り取り甲斐がなさそうですけれど」

ベルガモット・キャンベルの笑みが凍り付きます。

怒りに燃える赤い瞳を見ても、ちっとも怖くはありません。

むしろあの程度の怒りで私とやりあえると思っている辺り、笑ってしまいそうになります。

「今、大変に無礼なことを言ったという自覚はあって？　このメイド風情が！　決めたわ、お前を惨《むご》たらしく死なせてやる、この男たちの前でね！」

「吼えるのは自由ですが、私も今、非常に頭に来ていますので。メイドらしからぬ振る舞いについて詫びる気は一切ございませんので悪しからず」

「ふ、ふふ……。いいわ、構わなくてよ、身の程知らずに思い知らせてやるのは、とっても楽しいことだもの……！」

「その言葉、そっくりそのままお返ししましょう。私も大変楽しみです」

大変、のところを強調して言うと、ベルガモット・キャンベルが凄まじい形相になりました。

粘土をぐしゃりと潰したような顔を、滑稽だなと思って眺めていると、私の横に立ったセラ様が前に進み出ました。

「わたしもやりますよ、リリスさん！」

同じ感情にまみれたセラ様の叫び。

いつも穏やかな眼差しのセラ様は、私と同じくらいの怒りを湛《たた》えて、ベルガモット・キャンベルを睨みつけていました。

「リリスさんほどかっこよくは言えませんが、わたしもとっても怒っていますよ！　ウイルさんを殺そうとするなんて、そんなの、このわたしが！　許しません！」

「ええ！　次行きますよ、セラ様！」

「はいっ！」

「〝世界の端から伏して乞う。謳うは汝《なれ》が名、寿ぐは汝《なれ》が命。清浄なる心を以て、その穢れを〈秩序〉に帰さんことを〟！」

体の中から溢れ出る金色の魔術陣が、セラ様の魔術によって増幅され、辺り一帯に広がってゆきます。

それは冬鳥がいっせいに飛び立つがごとく、一瞬にして景色を塗り替えていきます。

黒《ノア》という防備をはぎ取られ、剝き出しになったベルガモット・キャンベルの顔が、屈辱に歪みました。

「身の程知らずどもめ。すぐに後悔させてやるわ！」

ベルガモット・キャンベルはその身を黒《ノア》に溶かしてゆきます。

白い肌にぞろりと生えた鱗、背中に生えたコウモリのような翼は『黒煙の龍』のよう。大きささこそ人間の時とあまり変わりませんが、身に纏った黒《ノア》がもたらす威圧感は凄まじく、砂嵐のただ中に立っているような錯覚を覚えます。

――けれど『黒煙の龍』そのものではありません。

いくら五人姉妹の中で最も強いと言っても、所詮は肉を食べただけの、ただの女性です。

異形の姿に変じたベルガモット・キャンベルを見ても、怖いという気持ちは湧き上がってきませんでした。

「あなたはかつて大聖女と大魔女が戦った『黒煙の龍』ではありません。あなたたちが五つに分けて、食べてしまったから。――ゆえに、臆するに値しません」

「さあ、それはどうかしら」

ベルガモット・キャンベルは艶然と微笑むと、空中に躍り上がりました。翼で飛んでいるというより、黒《ノア》を足掛かりに空中に立っているという感じです。

私は彼女目掛けて〈秩序〉魔術を放ちますが、あっさりとかわされるか、黒《ノア》で打ち払われてしまいます。

「空に逃げられると厄介ですね」

セラ様が呟きます。と、その瞬間、黒《ノア》に向かってボウガンの矢が放たれました。銀色の光が懸命に瞬きますが、すぐに黒《ノア》に呑み込まれてしまいます。

ダンケルク様です。私の横に立ち、ボウガンに矢を装塡しています。

ベルガモット・キャンベルはそれを嘲笑《あざわら》うように、翼を大きく広げました。

「龍をその程度の矢で射落とそうなどと、不遜が過ぎるのではなくて？」

「矢を放ち続けていればいずれ当たる。俺の執念を侮るなよ？」

不敵に笑いながら、ダンケルク様が私にちらりと目配せを送ります。

（この目配せは……。分かりました、ダンケルク様のお考えが）

ダンケルク様はそれから立て続けにボウガンの矢を放ちましたが、いずれもベルガモット・キャンベルの体にはかすることもありませんでした。女の笑い声がこだましています。

「何度放っても無駄よ！」

ですが、ダンケルク様は破れかぶれで矢を放っていたわけではありません。

何度も執拗《しつよう》に矢を打ち込むことで、ベルガモット・キャンベルをさりげなく私の魔術の範囲内に誘い込んでいたのです。

私は魔力を込めた〈秩序〉魔術をぎりぎりまで展開し、獲物が罠にかかるのを待ちました。そして、ベルガモット・キャンベルが、私の魔術の範囲に翼を広げたその瞬間――。

「〝退《ひ》け〟！」

「何ですって⁉」

翼を大きく広げたベルガモット・キャンベルは、私の〈秩序〉魔術を正面からまともに食らい、後ろにのけぞって落下します。地面に激突する寸前で黒《ノア》をまとい、墜落は免れたようでしたが、その隙を見逃す私たちではありません。

「これで決めます！　セラさん！」

「はいっ！　目標はあの黒い柱ですね！」

空と大地をつなぐ黒《ノア》の柱。

柱目がけて、私はありったけの魔力を込めた〈秩序〉魔術を放ちました。

「〝三度唱えるは我が名、二度唱えるは主の御名《みな》、そして一度唱えるは魔《ま》が名《な》――静謐《せいひつ》よここに、そして全てを〈秩序〉で覆え〟！」

黒い柱を、白い光が一直線に駆け上っていきます。

さかしまの稲光が夜空を貫き、どぉぉおんとお腹に響く音を轟《とどろ》かせました。

次の瞬間、黒い柱が下から白く染まり始めました。

「このっ……！」

「この柱は楔である、と仰いましたね。ならば、私たちが使わせて頂きます」

ここにアレキサンドリア様の分体はありません。

けれど、黒い柱ほどの魔力があれば――。ここを、結界展開に必要な楔とみなすことは、難しくはありません。

ごうっと風が吹き抜け、私たちの髪をかき混ぜてゆきます。

いつの間にかほどけた髪が後方に流れ、よろけそうになるのを堪えながら、慎重に結界を展開させていきます。

結界が広がるにつれ、視界が一気に開けていきます。黒《ノア》の靄に覆われていた大地が、元の静謐を取り戻してゆくのが分かりました。

「もう少しです、踏ん張ってセラ様！」

今や白く染まった柱が、首都内の楔と連結してゆくのが分かります。結界の影響が、この地まで及んでいるのです。

そして、柱の眩《まばゆ》さに目を瞬いているベルガモット・キャンベルは、まさに結界の中にいます。

セラ様が叫びました。

「キャンベル家の姉妹五人、全て結界の中に入りました！」

「はい！　——行きます！」

抵抗は一瞬でした。

五人の姉妹が、ぐ、と押し返そうとしましたが、結界を完成させた私とセラ様の前では、蟷螂《とうろう》の斧《おの》にも等しい抵抗でした。

結界内を〈秩序〉魔術が満たしてゆきます。

吹き荒れる暴風はむしろ心地よく、私たちの代わりに凱歌《がいか》を叫んでくれているようでした。

バチバチバチっと激しい音がして、結界内の黒《ノア》が消えてなくなるのが分かります。

体のほとんどが黒《ノア》でできているキャンベル姉妹も、例外ではなく。

首都にいた四人が、結界の中であっけなく消滅したのが分かりました。

そうして、最後の一人も——。

「あああああああああ！」

ベルガモット・キャンベルの口から断末魔の声が迸っています。

彼女の異形の翼も、鱗も、全てが剝がれて消滅していきます。

まるで枯れた花が花弁を落とすかのように、身にまとった黒《ノア》が剝がれ落ちてゆくのを、私たちは目の前で見ていました。

ベルガモット・キャンベルは、崩れゆく体のまま地面にへたり込むと、空を見上げました。月のない夜、星々が輝いています。

「世界を手に入れれば、あの綺麗な星々も手に入ると思ったのに」

その呟きはどこか心細そうに聞こえます。

「結局何にも摑めなかった。百五十年前も、今も、私たちの手は空っぽのまま」

崩れかけた手を空に伸ばします。けれどその指先から、砂塵《さじん》となって消えていきました。

「……」

周囲には夜の静寂が戻っています。辺りを満たすのは夜の優しい暗闇であって、黒《ノア》ではありません。

互いを傷つけあっていた兵士たちの目からも、黒《ノア》の反応が抜けています。

彼らは夢から覚めたような顔で周囲を見渡していました。

けれどそれは、私たちも同じこと。

セラ様と顔を見合わせても、まだ現実が呑み込めませんでした。

「終《お》わっ、た？　私たち、龍を倒したのですか」

「終わりました……！　やりました、わたしたちやったんです、リリスさん！」

セラ様がぎゅうっと私に抱き着いてきます。

その温《ぬく》もりがすとんと腑に落ちて、私はようやくその言葉を信じることができました。

私の腕から飛び出したセラ様は、そのまま転がるように走っていきます。

行先は――なんて、考える必要もありません。

「ウィルさん！」

「セラ！」

感動の抱擁。若旦那がセラ様をしっかりと抱きしめているのが、ここからでもよく見えました。

（ああ、やっぱり本当にお似合いなお二人です）

「よくやったな、リリス」

「ダンケルク様。お体は大丈夫ですか」

いつの間にか横に並んでいたダンケルク様は、サーベルを納めて肩をすくめます。

「ウィルのおかげでな。左腕が引き千切られた時はまずいと思ったが、あのグリフォンを逃がすためには必要だったからな」

「国王陛下の幻獣を、死なせるわけにはいきませんものね」

「違う、グリフォンを逃がしたのは、お前たちを呼びに行かせるためだ。国王陛下の持ち物だろうと何だろうと、使えるものは使う。それが戦場のルールだ」

そううそぶいたダンケルク様は、やがてぷっと噴き出しました。

「いやあ、お前の啖呵《たんか》は良かったな。いかにも軽そうだから刈り取り甲斐のない首だ、なんて、俺も使わせてもらいたいくらいだ」

「えっ」

興奮状態で口走った言葉を、冷静になった頭で聞くと、とんでもなく恥ずかしいです
……！

「そ、そんなことより、ダンケルク様の援護のおかげで、空中にいたベルガモット・キャンベルに〈秩序〉魔術を当てることができました。ありがとうございます」

「話を逸《そ》らしたな？　まあいい、お前こそよく俺の意図が分かったな」

当然です。私はダンケルク様のメイドですから。

そう言いかけて、何かが違うなと思いました。もしあれが若旦那だったら、私はあれほど上手く連携できたでしょうか。

多分、違います。

「きっと、ダンケルク様だから分かったのだと思います」

「ん？　どういう意味だ」

「そのままの意味ですよ。あなただから、できたのです」

ダンケルク様は何か言いたそうに私を見つめていましたが、ややあって諦めたように視線を逸らしました。

その先には、熱烈に抱き合う若旦那たちのお姿があります。

「俺としては、あの二人を見ないことをお勧めする」

「なぜです？」

「馬鹿なこと聞くな。窮地を共に乗り切った恋人未満の二人が、これからどうするか、なんて――。火を見るより明らかだろう」

ええ、そうでしょうとも。私だって物知らずの娘ではありませんから、これからの展開がどうなるかくらい、分かっています。

ほら、じっと見つめ合うお二人のお顔が近づいていくのが見えます。

盗み見はよくない、お二人の世界を尊重して差し上げるべきだと、分かっていても。

若旦那とセラ様がそっと口づけするのを、私は見ていました。

なんてお似合いのお二人なのでしょう。あのお二人なら、きっとこの先何があっても乗り越えて行けるに決まっています。

「……」

「……リリス？」

「はい？」

「泣いてる」

「……あら」

道理で視界が悪いと思ったのです。

指先で拭っても、拭う傍《そば》からこぼれ落ちて頬を濡らしていきます。

悲しいとか辛いとかいうより先に、あれほど人前では見せまいとしていた涙が、あっけなくこぼれてしまったことへの驚きが勝っていました。

「涙を流す淑女に対して、かける言葉じゃないのは分かっているんだが――。泣き顔も可愛いんだな、お前」

「何を、馬鹿なことを、仰って……」

無作法にも、ずず、と鼻を鳴らしてしまいます。

唖然《あぜん》とした顔で私を見ていたダンケルク様が、慌ててポケットを探り始めます。

「くそ、綺麗な布がない。キャンベル家のクソ女め！」

そう毒づきながら、ダンケルク様は私を優しく抱きしめて下さいました。

「この期に及んで何だが、その、お前の泣き顔を、他人に見せたくない」

「……ふふ。優しい、んです、ね」

ぼろぼろの、煤の匂いがするダンケルク様の胸に顔を埋めていると、ますます涙がこみ上げてきます。

ダンケルク様に甘えながら、セラ様が若旦那を好きだと知った時とは違う、懐かしいような胸の痛みを、じっくりと噛み締めます。

（私の恋心は――ちゃんと、死んだのですね）

若旦那をきちんと諦めることができた。あの人は私のものではないと、心の底から理解することができたのです。

だからこれはきっと、弔いの涙なのでしょう。

失恋したことによる辛さや、悲しみではなくて、別離のために必要な涙。

そう理屈をつけても、やっぱり涙がこぼれるのに変わりはなくて、私はしばらくダンケルク様の胸を借りて泣いていました。

やがて周囲が騒がしくなってきました。

指揮官でいらっしゃるダンケルク様を、いつまでも引き留めてはおけません。

そっと離れようとすると、また抱き寄せられてしまいます。ありがたいけれど、今はそんな場合ではありません。

「あの、大丈夫ですから、ダンケルク様。お仕事をなさって下さい」

「嫌だ。もう少し」

「で、でもほら、イリヤさんの声が聞こえてきませんか？　もう行かないと」

「心配だ。また一人で滝つぼに落ちるかもしれないし、そもそも……逃げるかも、しれないし」

やけに弱気なお言葉です。今さら私がどこへ逃げるというのでしょう。

私は腕を突っ張って、ダンケルク様の胸から脱出しました。

手で目元をこするのを、腫れてしまうからとダンケルク様に優しく制されます。

ダンケルク様は、無事な方の袖の綺麗なところで、ちょんちょんと目尻を拭って下さいました。

「ふふ」

くすぐったさに思わず笑みをこぼしてしまいます。

と、その笑みを掠め取るように、触れる程度の口づけが頰に落ちてきました。慌てて身を引き、ダンケルク様を睨みつけます。

「ひ、人前ですよ」

「何だ。いいだろ別に、したくなったんだから」

「したくなったからするなんて、子どもじゃないんですから」

「俺は腕一本引き千切られながらも必死に頑張ってたんだぞ？　褒美くらいくれたっていいだろ。……そりゃあ、まあ、最終的にはお前に助けられたわけだが」

もごもごと呟くダンケルク様。

確かに、ダンケルク様がここで持ちこたえて下さらなかったら、ベルガモット・キャンベルを討つことはできなかったでしょう。メイドから主人へご褒美などとはおこがましいですが、ダンケルク様は褒められるべきであるというのは分かります。

だから私は背伸びをして、ダンケルク様の耳元で囁きました。

「少し時間を下さい。そうしたら、その……ちゃんとお返事をしますから」

「っ、本当だな？」

静かに頷けば、ダンケルク様は感慨深そうに目を伏せ、それから静かに私を抱きしめました。

「ちゃんと待っているから」

遠くでダンケルク様の名を呼ぶ声が聞こえます。

今行く、と叫んだダンケルク様は、本当に名残惜しそうに私から離れていきます。

と、振り返ったダンケルク様は、子どものように幼い表情で聞いてきました。

「お前、俺の家に帰ってくるよな？」

「はい、もちろん」

「そうか。ならいいんだ」

ダンケルク様は、嬉しさを隠し切れない様子で笑いました。

エピローグ

「ですからダンケルク様。早くいる本といらない本を仕分けて下さいと申し上げていますでしょう」

モナード邸の居間は、本の群れに侵食されていました。この程度であれば〈秩序〉魔術で片づくのですが、いる本といらない本を選別したいと仰るダンケルク様のせいで、誠に遺憾ながらこのような惨状となっております。

ソファに寝転がって、報告書を読んでいるダンケルク様は、紙面から顔も上げずに命じました。

「いつかは選別するから一旦そこに置いといてくれ。まだ〈秩序〉魔術は使うなよ」

「そうは仰いますが、そろそろ不要な本を選んで下さいませんと、マットレスの代わりに本を積み上げげて眠らなくてはならなくなりますよ」

「それは嫌だな」

通り道を作りながら、私はため息をつきました。

——龍を食べたキャンベル家の五人姉妹を消滅させてから、二週間。

世間は龍退治の成果に沸き、どこかお祭り騒ぎです。

私は前と同じく、ダンケルク様の家のメイドとして働かせて頂いております。

〈秩序〉魔術専門の魔術師として、魔術省で働く道もあったようなのですが、お断わりしました。

龍が消えた今となっては、〈秩序〉魔術はそこまで重要ではありませんし、私もメイドの方が気が楽です。

若旦那の家に戻っても良かったのですが――。

まあ、いずれセラさんがいらっしゃるでしょうし、野暮なことは言いっこなしです。

〈セラ様、ではなくセラさんとお呼びするのも、なんだかまだ照れ臭いですが……。でもきっと慣れますね〉

もっとも、セラさんはまだそのことに気づいていらっしゃらないようなので、気づかれる日が楽しみです。

さて、報告書からちらりと顔を上げたダンケルク様は、意を決したようにソファの上に座り直しました。やけに深刻な顔をしていらっしゃいます。

龍退治の後始末に追われて働きづめだったところに、やっともらえたお休みなのに、とても楽しんでいるようには見えません。

「リリス。ここに座れ」

「はい」

言われるがままソファに腰かけると、ダンケルク様は咳ばらいを一つしました。

「最初にお前を雇ったとき、雇用期間は半年という約束だったな？　いつ転勤になるか分からないから、と」

「はい、そうでしたね。……あ、もしかして」

「そうだ。転勤が決まった。一か月後に国境付近のノヴゴロドという街に向かう」

ノヴゴロド。聞いたことはあります。

隣接する国の文化とうちの文化が入り混じった、住む人の少ない寒冷地帯。

森が広がっていて、魔獣も棲息《せいそく》しているのだとか。

「それで、今回の『黒煙の龍』の一件があったから、俺も昇格して、ここよりずっと広い家に住めるようになる」

「昇格なさったのですね！　おめでとうございます」

「ああ。ここよりずっと広い家だから、本棚もいくらだって置けるし何冊でも詰め込める。確かにド田舎だが、空気はうまいし、自然もあるし、まあ、悪くない場所だと思うんだが」

「なるほど、だからこんなに本を買いこまれたのですね？」

「ああ、あっちの地方の勉強もしないといけないし、そもそも言葉がな……って、ああもう、そういうことが言いたいんじゃないんだよ俺は！」

少しずつ心臓がどきどきしてくるのが分かります。ダンケルク様の緊張が移ったようです。

もぞもぞと手を組み合わせ、言葉を選んでいたダンケルク様は、あーもう！　と叫んで、背筋を伸ばして私に向き直りました。

「俺はお前のことが好きだ。だがお前がウィルに恋していたことも知っているし、返事はもう少し待つつもりだった……だが、あと一か月で異動ということになると、そうのんびりもしていられん」

「それはそうだと思います。引っ越しの準備もしなければなりませんものね」

「そうだ。だからまどろっこしいのはやめて、一気に進めたい」

そう言うとダンケルク様は私の両手を包み込むようにして握ると、一度大きく深呼吸をしました。手のひらから伝わってくる鼓動は驚くほど速くて、私の心臓もひときわ大きく高鳴りました。

ダンケルク様の翡翠色の眼が、まっすぐに私を見つめました。

「リリス・フィラデルフィア！　俺と結婚して、ノヴゴロドについてきてくれ！」

シンプルなそれは、プロポーズでした。

頭では理解できているのに、心が追い付きません。あまりにもびっくりしてしまったせいでしょうか。メイドたる者、いついかなるときも動じず、主人の言いつけを聞いていなければいけないのに。

（ああ……。でも、何でしょう、この気持ち。嬉しくて、勝手ににやけてしまいそう）

ぎゅうっと拳を握りしめ、私の一挙手一投足も見逃さないように、じっとこちらを見つめてくるダンケルク様。

銀髪で、綺麗な翡翠色の目をしていて、背が高くて、大きな狼と渡り合えるほど強い軍人で。

でもどこか愛嬌《あいきょう》があって、弱ったところも可愛くて。

（怒った私も、泣いた私も知っている人。私の星ごと、私を愛してくれる人。返事なんてもう、とっくに決まっているようなものですね）

私は静かに口を開きました。

「ですがダンケルク様。いくら次のお家が広いと言っても、引っ越し作業というものがありますから、本の選別は必要ですよ」

「その話、今しなきゃだめか……？」

「そうですよ。それに、私も一緒に住むお家ですもの、本棚だらけのお家にされても困ります」

ぽかんとした表情になったダンケルク様は、一瞬、私の言葉が分かっていないようでした。

「待て。それはあの、メイドとしてついてくる、とかではなく？」

「ええ。――だって私を、ダンケルク様のお嫁さんにして下さるのでしょう？」

「なって、くれるのか」

「はい。ダンケルク様こそ、本当に私で良いんですか？　どこの馬の骨とも分からな――……」

全てを言い切るより早く、ぎゅうっと強く抱きしめられました。

そのまま立ち上がったダンケルク様に簡単に持ち上げられてしまい、足が宙に浮いてしまいます。

「良いに決まってる！　お前じゃなきゃだめだ、お前が良いんだから！」

「わっ、だ、ダンケルク様……！」

「お前を愛してる、リリス！」

「わた、私も……きゃあっ」

そのままばかみたいにぐるぐる回転され、唇に思い切りキスされました。

「！」

初めてのキスに目を白黒させていると、ダンケルク様がふっと微笑んで、再び唇を重ねてきます。熱っぽい吐息を感じながら、ダンケルク様の腕に体重を預けると、心が満たされてゆくのが分かりました。

　ダンケルク様は、慈しむような優しいキスをして下さいました。やがて私を抱きしめたまま嬉しそうに部屋を歩き回ったり、耳元で甘い言葉を囁いたり、嵐のような愛情表現に私はもみくちゃにされています。

　ダンケルク様の気が済んだ頃には、お互い髪は乱れ、息が上がり、どういうわけかダンケルク様の靴が片方遠くに吹っ飛んでいました。

　それを取りに行くダンケルク様の後姿がおかしくて、クスクス笑っていたら、また抱きしめられて、キスの雨を降らせられます。

（若旦那が結婚されると聞いてショックを受けていたのが、遠い昔のようですね）

　イリヤさん。セラさん。若旦那に、ダンケルク様。

　あの頃は、大切な人がこんなに増えるとは、思ってもみませんでした。

　私はおずおずと顔を寄せ、ダンケルク様の唇にそっとキスを返しました。

　初めて私からするキスに、満面の笑みを浮かべるダンケルク様のお顔を、私はきっと忘れないでしょう。

（ダンケルク様を好きになって――本当に良かった）


【了】

番外編　その後の二人

ダンケルク様のプロポーズに頷いてから、一週間。

「結婚には指輪が必要だ」

と仰るダンケルク様のお言葉に従い、私たちはイスマールの宝石店に向かいました。

訪れた宝石店はどこからどう見ても高級店で、私はたじろいでしまったのですが、ダンケルク様は私の手を取ったまますっさと店内に入ります。女性店員がダンケルク様に近づき、優雅にお辞儀をしました。

「この度は誠におめでとうございます、モナード様。ご依頼頂いたものは奥にご用意してございます」

私たちは奥の個室に通され、軽食やシャンパンと共に迎えられました。

早速並べられたのは、大小様々なダイヤのついた指輪で、どれもきらきらと輝いています。店員の方は指輪だけ並べると、静かに部屋を出て行きました。

「さて、リリスの手に合う指輪はどれか――。大きいダイヤは社交界では見栄えがするが、お前の性格上あまり受け付けないだろう」

「そ、そうですね……。あまり大きい物は、高すぎて気後れしてしまいます」

ダンケルク様は私の左手を取ると、指輪を次々とはめていきます。当然、薬指にはめるわけですが、特別な意味を持つその指に、ダンケルク様の手によって指輪がはめられるのを見ていると、何だか気恥ずかしくなってしまいます。

「どれが好きだ？　華奢なものがいいか、あるいは少し太い指輪がいいか？　お前は指が細くて綺麗だから、何でも似合うだろうが」

そう言ってダンケルク様が何気なくつまんだ指輪に、なぜか目が行きました。

少しウェーブがかった地金に葉と蔦を刻み、小さなダイヤをちりばめた金色の指輪は、豪華すぎず地味すぎず、ちょうどよいデザインでした。

しかも、ちょっとした魔術が込められているのでしょう。葉の部分が時折緑にきらりと輝くのです。

（ダンケルク様の目の色に少しだけ似ている）

薬指にはめてもらい、手をかざして眺めます。驚くほど私の手に馴染んでいました。

他の指輪より時間をかけて眺めていると、ダンケルク様がどこか緊張した様子で、どうだ、と聞いてきます。

「これ、とても素敵な指輪ですね。今までの中で一番好きです」

「ほ、本当か⁉　実はその指輪、俺が魔術をかけたんだ」

「ダンケルク様が魔術を？」

「ああ、この指輪がお前を守ってくれるように。あとデザインにも少し口出しした」

得意げに頷いたダンケルク様は、私の手を包むようにして、指輪にそっと触れます。

「ダイヤの量は多いが、あまり派手すぎない。曲線的なラインは指に馴染みやすいし、植物のモチーフはお前の好みだろう」

「は、はい……。そこまで見抜かれているとは思いませんでした」

「何度かドレスを見に行っただろう。あれで大体お前の好みは把握した」

「さらりと仰いますが、なかなかできることではないと思います。さすが、女性と浮名を流されていただけのことはありますね」

その言葉に他意はありませんでした。若旦那と一緒に、ダンケルク様は女性好きだから、と話していた時と同じような気軽さで口にしたのですが。

ダンケルク様はむすっとしたお顔になり、私の腰をぐいと抱き寄せました。

「ばか、違うよ。相手がお前だからだ。愛するお前の好みは、どんな些細《ささい》なものでも知っておきたい」

ストレートに愛を告げられ、私は顔が赤くなるのを感じました。

「あぅ……。そ、そうです、か」

「ちゃんと理解しておけよ。で、どうだ。この指輪、気に入ったか？」

私はどぎまぎしながら、改めて指輪を眺めます。元々素敵だと思っていましたが、私のためにダンケルク様が魔術をかけて下さったと思うだけで、世界で一番美しい指輪に見えました。

「はい。この指輪が良いです。……でもどうして、これがダンケルク様の魔術がかかったものだと、最初に教えて下さらなかったんですか」

「そう言ったらお前、他の指輪を見ないままこれを選ぶだろう。お前に選んで欲しかったんだよ」

「う……それは、そうかもしれませんが」

どこまでも私の行動を読まれているのが、嬉しいような、悔しいような。

ダンケルク様は嬉しそうに言うと、私の手をきゅっと握りました。

「とてもよく似合ってる」

「ありがとうございます。ダンケルク様」

お礼を言ってから、ふと申し訳ない気持ちになりました。

ダンケルク様はこんなに私を大事にしてくれる。こんなに私のことを考えて下さる。

なのに私は、何も返せる物を持っていません。

「私、ダンケルク様から頂いてばかりですね」

「そんなことはない。――俺がどれだけお前の存在に励まされ、力づけられたか。どれだけお前がいてくれて良かったと思ったことか」

　そう言うとダンケルク様は、とろけるように優しいお顔で私を見つめます。

「有能なメイドだからとか〈秩序〉魔術を使えるからとか、そういうことはどうでもいい。俺はお前がただ側にいるだけで、何でもできる気分になるんだ」

「……それはきっと、私も同じです。隣にいて下さったのがダンケルク様だったから、若旦那のお家を追い出された時も、黒《ノア》と対峙した時も、逃げ出さずにいられたのです」

　私はダンケルク様の手を握り返しました。

「私も、ダンケルク様のことをお慕い申し上げています、ですから私も何か、ダンケルク様に贈りたいです。指輪でも、髪飾りでも、私がダンケルク様に抱いている思いが、少しでも伝わるように」

　そう申し上げると、ダンケルク様は心底嬉しそうに笑って、

「もう伝わってるよ」

　と、私の手の甲に優しいキスを落としました。


【了】

あとがき

ここまで読んで下さった皆様、ありがとうございます。

雨宮《あめみや》いろりと申します。サラリーマンをやりながら、ライトノベルやキャラクター文芸を書いております。

趣味を含め、長いこと小説を書いているはずなのですが、自分で考えたはずのキャラクター名や固有名詞を全く覚えられないのが、最近の悩みです。

キャラクターの名前を間違えては校正の方に指摘を受けたり、同じ街に二つの名前をつけて「これは同じ街のことですか？　それとも別名があるのですか？」と冷静に突っ込まれたりしています。

「エクセルで名詞の一覧表を作って管理をすればいいんだよ」と教えて頂き、そうかその手があったか！　となって作ってみたのですが挫折しました。

いえね、そういう一覧表をこまめにアップデートできるようなら、そもそも自分で考えた名前を忘れたりしないいんですよ。

最初の一万字時点までは、その一覧表を活用した形跡が残っており、どうやら私の真面目さは一万字が限度のようです。

サラリーマンの方でも同じような間違いをして怒られているので、三つ子の魂百まで……としみじみ感じています。

さて、本作品は掃除好きの生真面目メイドと、女性との浮名を流していた軍人の恋愛ファンタジーです。

冒頭からいきなり失恋しているので、どうしたどうしたと思われた方も多いかと思いますが「恋に破れるメイド」という姿を一度書きたくてこうなりました。

もちろん登場人物には皆幸せになって欲しいですが、それはそれとして、白いエプロンに皺《しわ》が寄るほどぎゅうっときつく握りしめて、失恋の衝動に耐えている健気《けなげ》な女の子が見たい。

胸が張り裂けそうなくせに、笑顔を装って相手の恋路を応援してしまうような、わがままに振る舞うことができない女の子が見たい。

そしてそんな子が、幸せになるようなお話を読んでみたい。

そういう性癖から生まれたものが本作品となります。

同じ性癖を持つ方も、そうでない方も、お楽しみ頂けたら幸いです。

本作品を書くにあたり、様々なアドバイスを下さり、またお気遣いを頂いた編集の方に感謝致します。

こちらの都合で少しばたばたしていたのですが、おかげさまで良い小説を書き上げることができました。

また、素敵な表紙およびキャラクターデザインをして下さった鈴《すず》ノ助《すけ》先生に感謝申し上げます！　美麗なイラストに何度見とれたか、もはや覚えていないくらいです。

加えて、校正や編集、流通に関わった方々にもお礼申し上げます。特に、校正の方が細かく見て下さるおかげで、どうにか小説を書きあげることができています……！

最後に、この本を読んで下さった皆様。

色々な作品がある中で、この小説を選び、手に取り、物語に触れて下さったこと、とても嬉《うれ》しく思います。ありがとうございました！


また皆様にお目にかかれる機会がありますことを。

あと、固有名詞や設定を過不足なく網羅できて、かつアップデートもそこまで手間取らない夢のような仕組みをご存じの方がいれば、ぜひ教えて下さい！　ご連絡お待ちしております！

＜初出＞

本書は、魔法のｉらんど大賞2022小説大賞で《恋愛ファンタジー部門　特別賞》を受賞した『失恋メイドは美形軍人の婚約者で、最強の＜秩序＞魔術の使い手です』を加筆・修正したものです。

魔法のｉらんど大賞2022

https://maho.jp/special/entry/mahoaward2022/result/

メディアワークス文庫

失恋《しつれん》メイドは美形軍人《びけいぐんじん》に溺愛《できあい》される
～実《じつ》は最強魔術《さいきょうまじゅつ》の使《つか》い手《て》でした～

雨宮《あめみや》いろり

2023年11月25日　初版発行

発行者　山下直久
発行　株式会社KADOKAWA
〒102-8177　東京都千代田区富士見2-13-3
0570-002-301（ナビダイヤル）
装丁者　渡辺宏一（有限会社ニイナナニイゴオ）
印刷　株式会社暁印刷
製本　株式会社暁印刷

●お問い合わせ
https://www.kadokawa.co.jp/（「お問い合わせ」へお進みください）
※内容によっては、お答えできない場合があります。
※サポートは日本国内のみとさせていただきます。
※Japanese text only

※定価はカバーに表示してあります。

Printed in Japan
ISBN978-4-04-915299-9 C0193

メディアワークス文庫　https://mwbunko.com/

本書に対するご意見、ご感想をお寄せください。

あて先
〒102-8177　東京都千代田区富士見2-13-3
メディアワークス文庫編集部
「雨宮いろり先生」係

いずれ傾国悪女と呼ばれる宮女は、冷帝の愛し妃

巻村 螢

全てを奪われ追放された元公女は後宮で返り咲く――後宮シンデレラロマンス

不吉の象徴と忌まれる白髪を持つ、林王朝の公女・紅玉。ある日彼女は、反乱で後宮を焼け出され全てを失った。

それから五年――紅林と名乗り、貧しい平民暮らしをしていた彼女は、かつて反乱を起こした現皇帝・関玿の後宮に入ることに。公女時代の知識を使い、問題だらけの後宮で頭角を現す紅林は、変わり者の衛兵にまで気に入られてしまう。だが彼の正体こそ、後宮に姿を現さない女嫌いと噂の冷帝・関玿で……。

互いの正体を知らない二人が紡ぐ、新・後宮シンデレラロマンス！

メディアワークス文庫

ワケあり男装令嬢、ライバルから求婚される〈上〉
「あなたとの結婚なんてお断りです！」

江本マシメサ

既刊2冊
発売中！

“こんなはずではなかった！”
偽りから始まる、溺愛ラブストーリー！

利害の一致から、弟の代わりにアダマント魔法学校に入学することになった伯爵家の令嬢・リオニー。

しかし、入学したその日からなぜか公爵家の嫡男・アドルフに目をつけられてしまう。何かとライバル視してくる彼に嫌気が差していたある日、父親から結婚相手が決まったと告げられた。その相手とは、まさかのアドルフで──!?

「さ、最悪だわ……！」

婚約を破棄させようと、我が儘な態度をとるリオニーだったが、アドルフは全てを優しく受け入れてくれて……？

メディアワークス文庫

ふたりでスローライフを目指します
不遇令嬢と
丹羽夏子
ひきこもり魔法使い
メディアワークス文庫

幻花の婚礼
贄は囚われの恋をする
染井由乃

吸血鬼一族の令嬢と、復讐を誓う神官。
偽りの婚約から始まる許されない恋。

吸血鬼であることを隠して生きるクロウ伯爵家の令嬢・フィーネ。ある夜の舞踏会、彼女は美しい神官・クラウスに正体を暴かれてしまう。

「――お前は今夜から、俺の恋人で、婚約者だ」

一族の秘密を守る代償としてクラウスが求めたのは、フィーネを婚約者にすること。吸血鬼を憎む彼は、復讐に彼女を利用するつもりだった。

策略から始まった婚約関係だが、互いの孤独を埋めるように二人は惹かれあい……。禁断の恋はやがて、クロウ家の秘匿された真実に辿り着く。

メディアワークス文庫

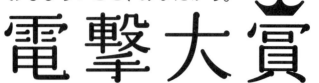